JN043443

おれは一万石

出女の影

千野隆司

双葉文庫

目次

那珂湊
高浜
秋津河岸
霞ヶ浦
北浦
鹿島灘
利根川
小浮村
高岡藩
高岡藩陣屋
酒々井宿
銚子
東金

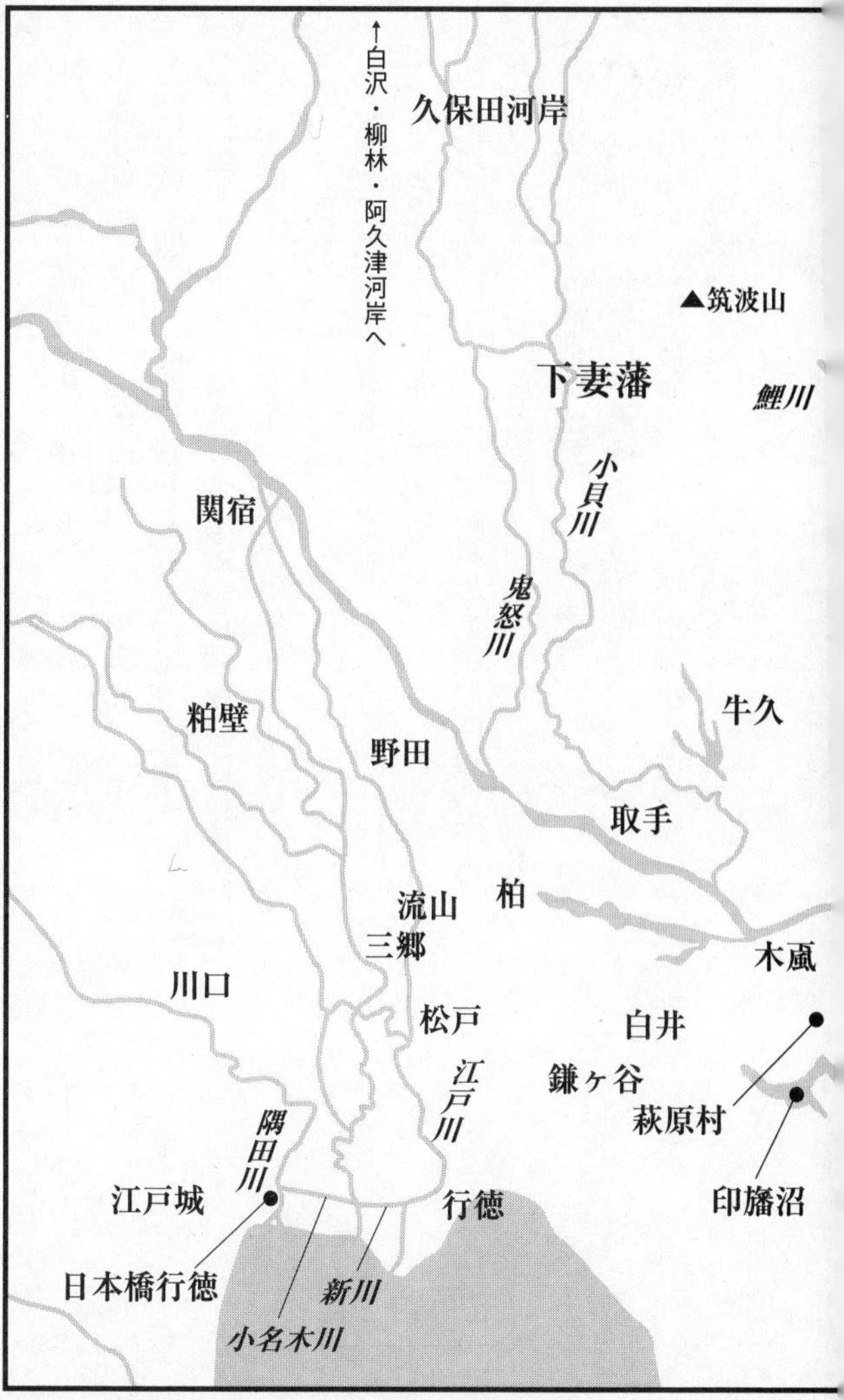
↑白沢・柳林・阿久津河岸へ
久保田河岸
▲筑波山
下妻藩
鯉川
小貝川
関宿
鬼怒川
牛久
粕壁
野田
取手
流山
柏
三郷
木颪
川口
松戸
白井
江戸川
鎌ヶ谷
隅田川
萩原村
江戸城
行徳
印旛沼
日本橋行徳
新川
小名木川

おもな登場人物

井上正紀……高岡藩井上家世子。
竹腰睦群……美濃今尾藩藩主。正紀の実兄。
山野辺蔵之助……高積見廻り与力で正紀の親友。
植村仁助……正紀の供侍。今尾藩から高岡藩に移籍。
井上正国……高岡藩藩主。尾張藩藩主・徳川宗睦の実弟。
京……正国の娘。正紀の妻。
佐名木源三郎……高岡藩江戸家老。
佐名木源之助……佐名木の嫡男。
濱口屋幸右衛門……深川伊勢崎町の老舗船問屋の主人。
井尻又十郎……高岡藩勘定頭。
青山太平……高岡藩徒士頭。
松平定信……陸奥白河藩藩主。老中首座。
松平信明……吉田藩藩主。老中。老中首座定信の懐刀。
滝川……大奥御年寄。

おれは一万石
出女の影

前章　新たな費え

一

　昼下がりの冬の日差しが、河岸《かし》の道と汐留川《しおどめ》の水面《みなも》を照らしている。明日から師走《しわす》となるが、陽だまりを歩いていると汗が出るくらい暖かい。風で舞った枯れ葉が、道に落ちた。そこへ車輪が地べたを穿《うが》つ音を立てて、俵物《たわらもの》を満載にした荷車がやって来た。

　土埃《つちぼこり》を立て、枯れ葉を踏み潰して井上正紀《いのうえまさのり》たちの前を行き過ぎた。

　荷車だけでなく、人や駕籠《かご》がひっきりなしに往来する。汐留川でも、大小の荷船が艪《ろ》の音を立てて行き来していた。船着場からは、荷運び人足《にんそく》が上げる掛け声が響いてきた。

「相変わらず、このあたりはにぎやかだな」

正紀は、周囲を見回しながら言った。供の佐名木源之助《さなきげんのすけ》と植村仁助《うえむらにすけ》が頷《うなず》いた。

「はい。あの荷船は、荒川《あらかわ》や江戸《えど》川を経《へ》て遠路江戸へ運ばれた荷を引き受けて、ご府内の各所へ運ぶものでございますね」

植村が、荷積みをしている十石積みの船を指差した。運ばれているのは、炭俵だ。

「船問屋濱口《はまぐち》屋の分家の前にも、荷船が停まっています。あちらは酒か醤油《しょうゆ》の樽ですね」

源之助が続けた。

「繁盛しているならば、何よりだ」

汐留川は北河岸が京橋《きょうばし》で、南河岸が芝《しば》となる。その芝側の二葉《ふたば》町に、利根《とね》川流域の河岸《かし》場から江戸へ荷運びする船問屋濱口屋の分家があった。分家は江戸へ運ばれた荷を、ご府内の各所へ届ける役目を担《にな》っていた。

今年の初冬に、季節外れの嵐があり、高波に高潮が重なってご府内の川や掘割からは水が溢れるという惨事があった。少なくない死傷者が出た。さらに舫《もや》ってあった船は、ぶつかり合ったり、民家に突っ込んだりした。そのため多くが破船となり、ご府内の輸送が滞《とどこお》った。

濱口屋は深川仙台堀《ふかがわせんだいぼり》に店と船着場を持つ大店《おおだな》だが、遠路からの輸送を請け負うだけの船問屋だった。しかし濱口屋の次男坊幸次郎《こうじろう》は、ご府内輸送の船が不足していることに目をつけた。

破船を安く買い上げ修理し、それらを使ってご府内輸送を専門にする船問屋を始めることを考えた。幸次郎の狙いは功を奏し、分家として芝二葉町に店を持ち若くして主人となった。

その商いを始めるにあたって知恵を貸し、破船の買い付けや修理に力を貸したのが正紀だった。正紀は下総高岡《しもうさたかおか》藩一万石井上家の世子《せいし》だが、藩の逼迫《ひっぱく》した財政を改善したいと日夜思案《しあん》をしていた。幸次郎が芝二葉町の店賃を支払うことは、高岡藩の利にも繋がっていた。

「これはこれは、正紀様」

三人が店の前に立つと、気が付いた幸次郎が奥から姿を現した。店には、輸送の依頼に来た番頭ふうの者が若い手代と話をしていた。

「繁盛しているようだな」

「いえいえ、まだまだです。おとっつぁんには尻を叩かれています」

濱口屋本家の主人幸右衛門《こうえもん》は、正紀とは昵懇《じっこん》の間柄だ。国許《くにもと》の利根川高岡河岸に、納屋《なや》を持っている。それだけでなく、藩自前の納屋を建てるにあたって、資金面での力添えをしてくれた人物だった。

高岡河岸は、正紀が井上家に婿に入った三年前には寂《さび》れた河岸場だった。しかし利根川を行き来する荷船の中継地点として、便利な地であることを活かしたいと考えた。

今では四つの納屋が建っている。利用する荷船も増えてきた。

「この場所は江戸の中心ですからね、輸送にはたいへん便がよいです」

幸次郎は、店の建物に目をやった。

「そうであろう」

この土地と建物は、大奥御年寄滝川《おとしよりたきがわ》が所有する拝領町屋敷である。以前は食い物を商う店だったが、嫌がらせが続いて商いができなくなった。しばらく空き家になっていたのだが、正紀が尽力して嫌がらせの根を断ち、濱口屋分家が使えるようにした。

一等地の拝領町屋敷ではあるが、空き家では実入りはない。滝川は、近頃関わりの深くなった尾張徳川《おわりとくがわ》家の九代当主宗睦《むねちか》に、対処を依頼した。

正紀は、美濃今尾《みのいまお》藩三万石竹腰《たけのこし》家の次男として生まれた。今は亡き父勝起《かつおき》は、尾張藩八代藩主宗勝《むねかつ》の八男だった。そして正紀が婿に入った高岡藩の現当主正国《まさくに》は、宗勝の十男である。したがって尾張徳川家の現当主宗睦は、正紀にとっては伯父に当たる。

これまでも度々、面倒を見てもらった。

高岡藩一万石井上家は小藩ながら、正国、正紀と二代にわたって尾張徳川家に繋がる濃い血を持つ者が婿に入った。もとを正せば遠江浜松《とおとうみはままつ》藩六万石井上家の分家だが、今は尾張一門にある一家として幕閣からも注目されていた。

正紀は、宗睦から滝川の拝領町屋敷の対処を命じられた。

受け入れるしかない役目だが、そのために大奥で権勢を揮《ふる》う御年寄の中で高岳《たかおか》に次ぐ第二の権力者滝川と知り合いになった。滝川は正紀の仕事に満足をし、拝領町屋敷から得られる賃料の一部四十両を、継続的に高岡藩に支払うことになった。

金子を得られるのは毎年年末となるが、藩としては座したまま手に入れられるこの金子は大きかった。

今、幕閣で権勢を握るのは老中首座の松平定信《まつだいらさだのぶ》だが、絶対的な権力の持ち主とはなりえていない。尊号の一件では、将軍家斉《いえなり》の機嫌を損ねた。囲米《かこいまい》や棄捐《きえん》の令などの政策も、成功したとは言い難い。

江戸の町は貸し渋りが横行して、金子の流れは停滞していた。

御三家の尾張や水戸《みと》は、定信を短命政権として見限っていた。大奥でも、実権を握る高岳や滝川は、当初から反定信の旗印を掲げている。滝川は、尾張徳川家との距離を縮めてきていた。

宗睦は、高岡河岸の活性化や、領内で起こった一揆の鎮静、囲米に関する不正の対応に関わった正紀の手腕を認めていた。滝川と関わりを持つことで、それがのちに高岡藩や正紀の益になると判断して、引き合わせてくれたのだった。

滝川は気丈で、思い立ったら無謀なことでも意気込みを持って関わり、目当ての物事を実現させてしまう。そういう強靱《きょうじん》さが今の地位を築いたと、宗睦は評価していた。

いかにも傲慢そうで、冷ややかに見える外見。正紀は話をするのも気が重い。しかし妻女の京《きょう》にやり取りを伝えると、とんでもない返事が返ってくる。

「正紀さまは、気に入られています」

馬鹿なと思うが、女の気持ちには疎《うと》い正紀だった。

「これから年の瀬にかけて、江戸へ運ばれる荷はますます増えます。忙しくなります」

幸次郎は、日焼けした顔をほころばせた。

「何よりではないか」

正紀も嬉しい気持ちで答えた。今日、汐留川河岸へやって来たのは、濱口屋分家の商いの様子を、見てみたかったからである。

満足な気持ちで、幸次郎と別れた。河岸の道をぶらぶら歩いて、芝口橋《しばぐち》の袂《たもと》に出た。西国に通じる東海道《とうかいどう》であるこのあたりも、大店老舗《しにせ》が櫛比《しっぴ》している。

「井上様」

いきなり、声をかけられた。身なりのいい供を連れた中年の侍が近づいてきた。顔に見覚えがあった。

下総多古《たこ》藩一万二千石松平家の中老谷田貝孫大夫《やたがいまごだゆう》だった。

領地が近い小藩同士ということで、井上家と松平家はそれなりの付き合いを保ってきた。谷田貝は豪放磊落《ごうほうらいらく》な質《たち》だが、今日はどことなく冴えない表情だった。

「いかがなされたか。顔の色が冴えないようだ」

挨拶《あいさつ》をした後で問いかけた。

「いやいや、頭の痛いことでござる」

谷田貝は顔を顰《しか》めた後で、言葉を続けた。

「当家は年明けの二月に、殿のお国入りがござりまする。なかなかの物入りで、頭が痛いのでございます」

どうやら参勤交代の費用の捻出について、頭を痛めている様子だった。参勤交代は、財政面で藩を追い詰めてくる。

「それはいかにも」

正紀は答えた。高岡藩も同じ二月に、正国のお国入りを行う。これまで正国は、大《おお》坂定番《さかじようばん》や奏者番《そうじやばん》といった役目に就いていたから、参勤交代はしないで済んだ。

しかしお役を辞した今は、行列を調えて久々のお国入りをしなくてはならなかった。

参勤交代の制度は、寛永《かんえい》十二年（一六三五）に三代将軍家光《いえみつ》が『武家諸法度《ぶけしよはつと》』を改定した際に明文化された。初めは外様大名に限られたが、同十九年（一六四二）には、親藩や譜代の大名にも広げられた。

将軍家による、大名統制の一環である。移動の時期や道中の経路まで、藩ごとに定められていた。

当主の移動だけでなく、石高に応じた家臣《かしん》の人数が定められてあった。多数の家臣を従え行列をしての移動だから、多額の出費を伴う。藩の財政が潤沢なら何の問題もないが、多くの大名家では、資金の捻出に苦慮をしていた。

どこの藩でも、定められた参府と御暇《おいとま》（お国入り）に合わせて、その半年ほど前から支度《したく》にかかるのが通例とされていた。高岡藩でも江戸の勘定頭井尻又十郎《いじりまたじゆうろう》が中心となって、その任に当たっていた。

正紀は滝川の拝領町屋敷の件や尾張一門の旗本の屋敷の相対替《あいたいがえ》に関わっていたので、まだお国入りに関しては知らせを受けるだけの状態でいた。しかし藩の大事であるのは分かっていた。

「では、忙しいことだな」

井尻も費用の捻出に頭を抱えている。谷田貝が漏らした言葉は、他人事《ひとごと》とはいえない。

「いやいや、余計なことを申しました」

谷田貝は頭を掻いてから、正紀の前から離れて行った。金策に赴く途中だったと察せられた。

二

下谷広小路《したやひろこうじ》にある高岡藩上屋敷へ戻った正紀は、正国の御座所へ呼ばれた。そこには江戸家老の佐名木源三郎《げんざぶろう》と井尻がいて、重苦しい空気が漂っていた。

佐名木は神道無念流《しんとうむねん》の先達で、婿に入ったばかりのときから、様々な場面で後ろ盾になってくれた。耳が痛いことも口にするが、言うことは筋が通っていて、実行力もあった。信頼できる重臣だ。正紀の供をした源之助はまだ部屋住《へやず》みだが、佐名木家の嫡男だ。

井尻は小心で融通の利かない堅物だが、江戸藩邸の勘定を担う頭としての役割は果たしていた。金銭的な細かいことに口煩《くちうるさ》いが、律儀で勘定方としては有能といっていい。

「本日、明年二月の御暇の許しが、ご老中よりあった」

正国が口を開いた。お国入りの正式な許しが出たという話だった。

「いよいよ、お支度が始まりますな」

覇気《はき》のない声で、井尻が言った。すでに始めていてもいいはずだが、先延ばしにしてきた。それは金の工面がつかないからだ。井尻も手をこまねいていたわけではないが、金策はうまくいっていなかった。

井尻にとっての参勤交代は数か月前から始まっていたわけだが、しかしいよいよ尻に火がついた。

「久しぶりのお国入りだからな、それなりの形は調えねばなるまい」

と口にしたのは、正国だった。大名行列は藩の武威を示すことが目的の一つになっている。人数を調えるだけでなく、多くの武具や馬具で飾り立てるのが通例になっていた。

年々華美になる傾向がある。藩によってはない袖を振って、見栄を張るところもあった。そのしわ寄せは、藩士や領民のところへ行く。家禄の一部借り上げや年貢増といった形になる。

「みすぼらしいことは、できぬぞ」

念を押すように、正国は言った。正国は明和《めいわ》四年（一七六七）に大坂定番を命じられたが、お国入りを開いたのは、その前だった。

「あの折は、見栄えの良い武具や馬具を新調したではないか」

と付け足した。しかしそれは二十年以上も前のことである。その間には天明《てんめい》の飢饉《ききん》もあり、高岡藩も打ち続く不作凶作で藩財政は逼迫した。百姓による一揆も勃発した。

「はあ」

井尻は冴えない顔で答えた。

正国は高岡藩の財政逼迫については理解をしているが、生まれと育ちは尾張徳川家の若殿様だった。見栄っ張りで贅沢《ぜいたく》な一面もあった。

佐名木と井尻の顔には、「そんな金はない」と書いてある。

井尻は過去のお国入りでかかった費用が記されている帳面を広げて、算盤《そろばん》を弾いた。おそらく井尻は、どこかで節約ができぬかと、すでに何度も算盤を弾いているはずだった。

ここで改めてやったのは、正国に見せるために他ならない。

「かかるのは武具や馬具の修理や新調代だけでなく、宿舎や休憩所に立てる関札のための費《つい》えなどの諸費用がありますが、それだけではありません」

「…………」

「行列に関するご公儀の定めでは、一万石ですと士族足軽を含めた藩士五十四名は入用となりますが、それだけの人数は割けません」

「それはそうだな」

正紀が呟《つぶや》いた。高岡藩は江戸と国許を合わせて、士族が六十八戸、足軽が十六戸となっている。これでは藩士のあらかたを行列に駆り出さなくてはならない。しかしそのようなことは不可能だ。

常の状態でも人員不足だが、新規に召し抱えるゆとりはない。そこで高岡藩でも、渡り者の若党や中間《ちゅうげん》を必要な折に短期で雇っていた。

井尻は続ける。

「となりますと、日雇いの中間などを三十名ほど雇わなくてはなりませぬ。この費えが、馬鹿になりません。宿泊費用や飯代、渡船の金も出さなくてはなりません」

高岡藩のお国入りは、成田《なりた》街道を使う。途中には中川《なかがわ》や江戸川があり、船を使わなければ越えられない。もし増水などで川止めになったら、滞在費用はさらに嵩《かさ》むことになる。

「ではしめて、どれほどの額になるのか」

正紀が問いかけた。

「かければ切りがありませぬが、それはできませぬ。できる限りの倹約をしたとしても、前回のお国入りのときに比べ、物の値も上がっております。下手をすると、すべてのかかりを足すと百両を超すやもしれませぬ」

井尻が立てた予算の内訳は、以下のようなものだ。

宿泊代　一泊につき約十両
武具や馬具の修繕、関札の費用など　約三十両
船渡しと飯代、休憩代、藩士草鞋銭《わらじせん》　約十両
足軽中間等雇い賃　八両見当

その他荷物輸送費などの経費　約十両

しめて七十両となる。しかしこれには、川止めになった場合などの緊急の費用は含まれない。何かがあって一泊でも余計に宿泊するとなったら、十両がすっ飛ぶ。予備の金子が二、三十両は欲しいところだ。

「参勤交代の折に、殿や藩が恥をかくようなことがあってはなりますまい」

「ううむ」

正国は、呻《うめ》き声を上げた。

「そのような金子は、ありませぬな」

正紀は腹立たしい気持ちを抑えて口にした。百両など、どこを叩いても出てこない。高岡河岸の活性化などで藩の実入りを増やすために尽力をしてきた。しかしそれらは毎年の足りない分の補塡に回され消えていた。

「参勤交代は、必ずある。そのための貯えは、してこなかったのか」

正国は井尻を見据え、咎《とが》める口調で言った。いつもならば、井尻はこれで怯《ひる》む。しかし今日は、いつもと様子が違った。

「殿は長く大坂定番としてかの地にあって、参勤交代はありませんでした。江戸に戻られても、奏者番にお就きになられ、お国入りはありませんでした」

「それがどうした」

「大坂から江戸へのご帰還に関しては、お役料三千俵があり、それで賄《まかな》うことができました。しかし今回は、それがありませぬ」

　奏者番を辞めたので、進物も来なくなった。一同は、次の言葉を待った。

「奏者番のご退任は、急のことでございました。尾張様が絡む政《まつりごと》ゆえ、それについて申し上げることはありませぬが、三月に決まってから今日に至るまでは、とても備えはできませせぬ」

　井尻は必死で言っている。その言い分は、藩財政に関わってきた正紀や佐名木には理解できるところだった。

　正国も不機嫌そうな顔になったが、納得をしないわけにはいかなかった。

　奏者番は将軍にも近侍する、幕府の要職だ。無事に任をまっとうすれば、寺社奉行や大坂城代といったさらなる栄達に繋がる役職だ。松平信明《のぶあきら》は、奏者番から一気に老中に昇任した。

　高岡藩の者たちもそれを期待したが、正国は辞任した。これには尾張徳川家の意向が絡んでいた。

宗睦や水戸の徳川治保《はるもり》は、当初は松平定信の老中就任に力を貸した。しかし強引に行った囲米や棄捐の令などの一連の政策は、効果を表さなかった。棄捐の令によって貸し渋りが横行し、経済はかえって停滞した。尊号の一件では、将軍家の不興を買った。

今は表立って逆らう者はいないが、陰で定信を非難する大名旗本は少なくない。宗睦は定信の政権は長続きしないと判断した。

尾張一門の正国を、定信政権下の要職である奏者番から引かせることで、反定信の旗幟《きし》を明らかにしたのである。

これは宗睦の方針で、高岡藩ではどうすることもできなかった。ただ藩士たちは、正国が奏者番からさらに京都所司代や大坂城代に出世をして、禄高が増えることを期待した。

それが泡と消えた。しかもいきなりだった。

「いかがでございましょうか。尾張様に、ご助力をお願いできませぬでしょうか」

井尻が口にした。言いにくいが、それが叶えば助かるという顔だ。

「何を申すか。そのようなことができるか」

正国は一喝した。これは高岡藩の問題だと付け足した。

井尻は肩を落とした。それは口には出さなかったが、正紀も願ったことだ。

　ここで正国は、ふうとため息を吐いた。渋面《じゆうめん》は変わらないが、井尻の申し出を一部受け入れる発言をした。

「まあ、すべてを新調するには及ばぬであろう」

「仰《おお》せの通りでございます。節約できるところを探して、費えを少なくするしかござりますまい」

　佐名木の言葉に、一同は頷いた。どのような事情があろうと、参勤交代は中止ができない。

「しかしな。行列の先頭で奴《やっこ》が持つ槍は、当家の武を象徴するものである。手入れの行き届かぬものでは済むまい。鞘《さや》も古くなっているぞ」

　この点では、正国は譲らない。

　行列では武具や馬具を示すことは、その藩の戦力を誇示することに繋がる。だからこそどこの藩でも、必要以上に飾り立てようとした。その中でも槍は、その中心になるものとして尊重された。

　沿道に並ぶ者は、そこに目をやる。

　先頭に立てる槍は、行列の主が誰であるかを見分ける材料にもなった。大名行列では、槍は単なる武具ではなくなる。

もちろん武具は、槍だけではない。竪弓《たてゆみ》や弩瓢《どひょう》などがあり、ほかには台笠《だいがさ》、立傘《たてがさ》、陣幕、船印など人の目につく品は切りがない。古びたものや故障のあるものは使えない。

「直せるものは、直して使いましょう」

結局、すす竹羅紗《たけらしゃ》の鞘だけ新調することになった。他にも話し合って、省略できるものは省略する。

「ただ蠟燭《ろうそく》や松明《たいまつ》など、節約できぬものもありまする」

これは仕方がなかった。

「江戸から高岡までは、十九里（約七十五キロ）ある。これは何とするか」

「一泊二日で参りましょう」

正紀の問いに、井尻が答えた。二泊してもいいが、泊数が増えればそれだけ費用が嵩む。

大まかな出費の目処《めど》をつけたところで、井尻が算盤を弾き直した。

「それでも七十両ほどはかかりまする。何か予期せぬことが起これば、これでは済まないでしょう」

井尻は念押しをした。さらに予備の金も必要だと言っている。

「半年に一度の交代で、毎回それほどかかるのか」

正紀はため息を吐いた。たまったものではない。

「いえ、今回は久しぶりのことゆえ、武具や馬具の修繕に費えがかかります。次回はそれがなくなりますので、その分の費えは抑えられます」

それを聞いてほっとした。

「さて。この金でござるが、どう工面するかでございますな」

佐名木が言った。ここが肝心なところだ。

「今後、年の瀬の畳替えを取りやめ、薪炭《しんたん》を節約するなどして、二十両は作れるかと存じます」

「うむ。そうか」

井尻の言葉に、正国が頷いた。ない袖は振れないと、それは分かっているようだ。

そして顔を、正紀に向けた。佐名木も井尻も同様だ。

「…………」

正紀はどきりとした。「おまえが何とかしろ」と告げられている気がしたからである。

夜になって、正紀は京の部屋へ行った。京は正紀よりも二つ年上で、上からの物言いをする。近頃は京の気質も分かって慣れたが、祝言《しゅうげん》を挙げた直後は腹が立った。

正紀と京の間には、生まれて一年になる孝《こう》姫がいる。つかまり立ちをしていたが、近頃は数歩程度前に進める。均衡《きんこう》を取れず、転んで泣くのは毎日のことだった。

「参勤交代は、大名家の財政を削ぐための施策だ。ご公儀の威光のために、無駄な金子を使わせられる」

正紀は愚痴《ぐち》を言った。今は京の前では、思ったことを何でも口にする。

「さようでございますねえ」

と受けてから、京は続けた。

「しかしそのために、修理の金子が職人に流れ、渡り者の懐には日雇いの銭が入りまする。宿場も潤《うるお》うのならば、参勤交代のお陰で、金子が世に回ることになります」

「まあ、それも言えるが」

いつもながら、京はおかしなことを口にする。普通の者は思いもつかない考えだ。

ともあれ高岡藩は、藩存続のために新たな金の工面をしなくてはならないことになった。その中心になるのが、正紀だった。気が重い。

孝姫が、よたよた歩いて正紀の膝《ひざ》にしがみついた。

「よしよし」

小さな体を抱き上げた。

第一章　行列の支度

一

師走の朔日《ついたち》の朝、庭一面に霜が降りた。ひと際冷えるが、高岡藩邸では薪炭の利用は極力控えるようにとの達示《たつし》が出た。炭蔵には、井尻が錠前をかけた。

そして正国の御座所で、さらなる打ち合わせが行われた。正紀と佐名木、井尻が顔を揃えた。

「まずは、お国入りのすべてを統括する目付を決めねばなりませぬ」

佐名木が言って、一同を見回した。支度の段階から、実際の行列を終えるまでのすべてを差配する。藩の重臣が就く。

「それならば、河島一郎太《かわしまいちろうた》しかあるまい」

正紀が言うと、一同は頷いた。国許の中老を務める。四十四歳で、蔵奉行や勘定奉行を歴任してきた能吏《のうり》である。国許では、家老の児島丙左衛門《こじまへいざえもん》よりも役に立つ。藩士からの信頼も厚かった。

高岡藩で行われる参勤交代は久しぶりだが、若い頃には、正国と共に参勤交代の行列に加わっていた。諸事に詳しい者だ。高岡は江戸に近いこともあって、半年ごとの参府と御暇があった。

参勤交代を行うにあたって要《かなめ》となる役目は、三つあった。その中でも最も重要なのは、宿割《やどわり》という役目である。

まず事前の実地踏査《じっちとうさ》を行う。宿泊予定の宿場の本陣を押さえなくてはならない。二月は御暇となる大名家も少なくないので、行列が重なる場合には日程を調整しなくてはならなかった。

他家よりも先に、宿泊場所を手配することが肝要だ。実際の行列では、本隊に先だって出発し、宿の再確認、宿泊する家臣の宿割及び部屋割をする。食事に関する手配も重要な役目だ。

「これは徒士頭《かちがしら》の、青山太平《あおやまたへい》がよかろう」

万事に卒がない青山なら適任だと思われるため、反対する者はいない。

次に肝心なのが、宿払をなす者である。宿場での宿泊代や飯代、渡河の船代などを払う。諸事に気を配り、出費を抑える役割も担う。

「ならば井尻だな」

「ははっ。かしこまりました」

正国の言葉に、井尻は当然のような顔で答えた。

もう一つは、川割である。高岡への行列では、中川と江戸川で渡河をしなくてはならない。その船の手筈を整える。一艘や二艘ではないから、事前に手立てを講じておかなくてはならない。

激流で川止めがあった場合には、宿の手配も行う。

「これは本間幹之助《ほんまみきのすけ》がよかろう」

正国の指図《さしず》だ。三十二歳で、正国の大坂定番の折に同道した。帰国の折には、川割を受け持った。正紀も行列に加わりたいところだが、世子は江戸に残らなくてはならなかった。

河島は、直《ただ》ちに江戸へ呼び寄せることになる。

高岡までの経路は、成田街道を使って進み、その後は滑川《なめがわ》経由で高岡に至る。宿泊は、ちょうど行程の中間に位置する大和田《おおわだ》宿だ。これは、前回のお国入りと変わらない。

行列に加わるのは、勤番を終えた家臣が中心になるがそれだけではない。出向いてすぐに引き上げる者もいる。それらの人員の選考は、河島が江戸へ到着してからのこととなる。

さらに道中法度についても話をした。これはご公儀が決めるものではなく、各藩が実情に合わせて決めた。

道中の行列は、軍列と心得るべし。入り乱れること、無礼なふるまいやがさつな行為はしてはならない。喧嘩《けんか》や口論、宿での大酒は禁止。押し買いや狼藉《ろうぜき》もあってはならない。宿泊地や休憩地では、火の元に注意を払わなければならない、といった手合いのものだ。

特に規律を乱す行いや主君の評判を貶《おとし》めるような行いがあった場合は、家禄削減などの厳罰となる。

「当然とのことばかりでござるが、国許へ帰るとなって気の緩む者も現れまする。繰り返し胸に刻み込ませなくてはなりませぬ」

井尻は、こういうことにも細かい。

しかし些細なことが、藩の面目《めんぼく》を潰すこともある。藩士が酒に酔ってからかった相手が名主の娘で、面倒なことになった藩があった。

一通りの話が済んだ後で、正国は佐名木と供侍を伴って、菩提寺《ぼだいじ》の丸山浄心寺《まるやまじようしんじ》にある歴代廟所《びようしよ》へ参拝に行った。お国入りが決まったことを、報告したのである。

正紀は、源之助と植村を伴って、金策に出向くことにした。これが今回のお国入りに関しては、一番の難事だった。

出向いたとはいっても、行く当てがあるわけではなかった。

「どこへ参りましょう」

不安げな顔で、植村が言った。源之助のような切れ者ではないが、藩の財政事情はよく分かっている。正紀と共に、今尾藩から高岡藩へ移ってきた忠臣だ。剣はだめだが巨漢で、膂力《りよりよく》だけは相撲取りにも劣らない。

「うむ。どうしたものか」

正紀は思案に暮れていた。すでに借りられそうなところからは借りてしまっている。棄捐の令以来、札差《ふださし》だけでなく大名貸しをする商家も貸し渋りをするようになった。

今の高岡藩に金を貸すのは、町の高利貸しくらいだといってよかった。

結局足を向けたのは、深川仙台堀河岸の船問屋濱口屋幸右衛門のところだった。日が高くなってくると、霜が融けて足元が悪くなる。通り過ぎる荷車が、湿った泥を飛ばした。

いつもながら幸右衛門は、機嫌よく正紀らを迎えた。

「汐留川河岸の分家は、繁盛しているようだな」

「お陰様で。幸次郎も、張り切っております」

親として、それも嬉しいらしい。商いが安定したら、さらに船を増やしたいと言った。

そこで正紀は、金の話をしようとした。船を増やす金があるならば、借りられるのではないかと考えたのだ。

しかし幸右衛門は、こちらの訪問の意図を察していたらしかった。

「お金の御用ならば、承《うけたまわ》れませんよ」

先手を打たれてしまった。濱口屋からは、すでに高岡河岸の納屋の件で金を借りていて、返済は終わっていなかった。

「そうか」

がっかりした気持ちが顔に出たと分かった。しかし棄捐の令以来、貸し渋りが蔓延《まんえん》してさしもの濱口屋も金回りがよくないことは分かっていた。分家を出すにあたっても、幸右衛門はずいぶん無理をしたはずだった。

棄捐の令は一時的に直参を喜ばせたが、施策は強引で世の中の金銭の回りを悪くした。それは武家だけでなく、町人にも影響を及ぼした。反発は大きい。商いが滞るようになったからだ。

宗睦や滝川は定信の政策には、批判的な態度を取っている。正国の奏者番辞任は、親定信派に衝撃を与えた。盤石《ばんじやく》に見えた定信政権に、敵対勢力があると明らかにしたことになるからだ。

御三家筆頭と大奥御年寄に手を組まれるのは、親定信派にとっては座視できない。すべての施策が動かしにくくなるからだ。

この二つの仲を裂き、敵対勢力の力を削ごうとして企みをしたのが、白河《しらかわ》藩の用人河鍋丹右衛門《かわなべたんえもん》だった。

滝川の汐留川河岸芝二葉町にある拝領町屋敷の件や、尾張一門の旗本屋敷の相対替で謀《はかりごと》をした。相対替では、家禄五百石の御小姓衆を務める野崎専八郎《のざきせんぱちろう》を仲間に引き入れている。しかし企みは露見し、正紀の手によって封じられた。

河鍋はこの一件で白河藩家老の座を狙っていたが、失脚した。旗本野崎も本所《ほんじょ》から駿河台《するがだい》の一等地への屋敷替《やしきがえ》はなったが、左遷《させん》の噂《うわさ》が出ていた。

無様なしくじりをした河鍋と野崎を、定信は庇《かば》わない。宗睦は、企みをした野崎を許さない。

二人はこのままではとうてい浮かぶ瀬がない。高岡藩と正紀を、恨めしい気持ちで見ていることだろう。

それはそれとして、高岡藩は新たな難題に襲われている。過ぎたことを振り返る間もなく、正紀は頭を悩ませていた。

「貸しそうなところはないか」

幸右衛門から、それだけでも教えてもらえるならばありがたかった。

「返せるのですか」

「四十両までならば、二葉町分家の家賃が入れば返せる」

「しかしそれは、ずいぶん先の話でございますね」

ため息を吐かれた。幸右衛門は、あくまでも商人《あきんど》として話をしている。一年借りれば、利息も膨らみますよと付け足した。

「そうだな」

もともと無茶な話だった。

濱口屋を出た正紀は、他の高岡藩出入りの商家を当たった。正国が奏者番になったときには、進物を手にして挨拶に来た者たちである。

「いや。貸し渋りがありまして、私どもも苦慮をしております」

棄捐の令が、断りの口実にされた。

ただ一軒だけ、違うことを口にした者がいた。

「いかがでございましょう。高岡河岸の納屋をお売りになりませんか。それならば、私どもも身を削る思いで、金子の用意をいたします」

「ううむ」

高岡河岸の将来性を見越した上での申し出だった。河岸場としての便の良さは、徐々に知られてきた。

納屋を売っても、運上金《うんじょうきん》や冥加金《みょうが》は手に入る。しかし直《じか》に貸すことによって得られる実入りは、その比ではない。

だからこそ、濱口屋などから金を借りて自前の納屋を建てたのである。何もなければ、相手にしない話だ。しかし正紀は考えた。返事は保留とした。

「とうてい受け入れられない話でございます」

店を出たところで、話を聞いていた植村が言った。けしからん、という口ぶりだ。

「いや、背に腹は替えられないのでは」

源之助が、そう返した。お国入りの費用は、何としても捻出しなくてはならない。納屋を手放すのは極めて惜しいが、検討の余地はあった。

二

商家を廻った帰り道、正紀は納屋の売却について考えた。売ってしまえば、今回のお国入りは凌ぐことができる。しかしそれでいいのか……、という気持ちになる。

参勤交代は、おおむね在国一年で交代となるが、遠隔地である場合は対馬《つしま》の宗氏《そうじ》のように三年に一度でもよい場合もある。また高岡藩のような関東の大名家は、半年ごとの交代となる。

今回二月にお国入りをする高岡藩は、八月には再び参府をしなくてはならなかった。今回のような武具や馬具の修理はないにしても、三、四十両はかかるだろう。今回高岡河岸の納屋を手放しても、それではその場しのぎの解決にしかならない。次回も、同じ苦しみを味わう。

高岡河岸の納屋は、新たな実入りを得るためには欠かせないと考えるならば手放すわけにはいかなかった。

屋敷に戻って、正紀が廊下を歩いていると、藩士数人が部屋で話をしている声が聞こえた。抑えた声ではないから、襖《ふすま》が閉じていても耳に入ってきた。

お国入りに関する話なので、聞き耳を立てた。内緒話ではなさそうだ。

「久しぶりに、妻や子に会えるのは嬉しいぞ。幼子の背丈もずいぶん伸びたであろう」

「母上も、拙者が留守にしているので、寂しがっているに違いない」

声で誰か分かった。勤番で江戸へ上ってきている者たちだった。お国入りの話が伝えられて、二月の帰国が確かになった。胸の底に追いやっていた郷愁《きようしゆう》が、湧き上がってきた様子だ。

「それがしは大坂へも出向いているからな、何年も戻っておらぬ。倅《せがれ》はもう、父の顔を覚えてはおらぬであろう」

と口にした者もいた。

「ところで、江戸土産《みやげ》はどうしたか」

「いや、まだだ。懐は苦しいが、何とかしなくてはなるまい」

「うむ。それも楽しみにしているであろう」

ほとんどの者が、国許へ帰れることを心待ちにしている。その弾む思いが伝わってくるようなやり取りだった。大坂まで出向いた者ならば、喜びも一入《ひとしお》だろう。

「まだ年も明けておらぬのに、気が早いことだ」

正紀は胸の内で呟いたが、話をしている家臣たちの気持ちが分からないわけではなかった。

国許には、江戸へ出た後に子が生まれた者、勤番中に親を亡くした者もいるはずだった。

国許には、藩士たちの暮らしがある。藩邸内が、浮き足立ち始めた。


「高岡の景色を見るのが楽しみです」

江戸育ちの源之助はそう言った。佐名木家は在府だから、源之助は高岡の地をまだ踏んだことがなかった。

正紀は、音を立てずに部屋の前から離れた。しばし進んだところで、「若殿」と声をかけられた。若い侍が、両手をついて頭を下げた。馬廻り役の堀内晋作《ほりうちしんさく》という者だ。

「いかがいたした」

「ははっ。お願いの儀がございまする」

思い余って直訴しているという気配があった。

「申してみよ」

「それがし、江戸へ出て二年になりまする。その間、下谷練塀小路《ねりべいこうじ》の中西《なかにし》道場へ一刀流の稽古に通っております」

「うむ」

その話は聞いていた。だいぶ腕を上げているとか。

「本来ならば、国許へ戻るべきところでございますが、今しばらく江戸へ残していただきたく。お願いをいたしまする」

「なるほど」

早く国許へ帰りたい者がいれば、残りたいという者もいる。それぞれの事情といってよかった。

「考えておこう」

正紀は答えた。勝手は認めないが、事情があれば検討する。学問や剣術の修行ならば、長い目で見れば本人のためだけでなく、藩のためにもなるだろう。

師走になって四日目、河島一郎太が江戸へ到着した。

「お役に立てるならば、恐悦《きょうえつ》に存じ上げます」

日焼けした顔で、正国に挨拶をした。中老でありながら、村廻りもする。一揆の教訓があるから、藩の飛び地は代官任せにしない。

井尻が、お国入りに関してこれまでの経緯を伝えた。金銭面では、あれこれ当たるも、まだ残り五十両の工面はついていなかった。しかしそれで支度を滞らせるわけにはいかない。

「では、供の選定を行いまする」

佐名木が言うと、河島が頷いた。この場には正紀と井尻、青山や本間も顔を揃えている。

早めに選定を行うのは、行列に従う家臣たちにも支度があり、心構えも持たせなくてはならないからだ。また定めた法度を頭に刷り込ませるには、ときも必要だ。

供の筆頭である目付は河島で宿割は青山、宿払の井尻と川割の本間までが決まっていた。残りを河島が中心になって決めていく。

「道中使者の使番《つかいばん》、近習《きんじゅ》、小納戸《こなんど》、馬役、徒士頭、医者までが士分の者となります」

河島が、過去の御供役割帖を手にしながら言った。宿割や川割には、補佐役がつく。

この下に足軽小頭、下目付、足軽、坊主がいて、ここまでが家中の者となる。下に若党、草履《ぞうり》取り、道具持ち、小者《こもの》、陸尺《ろくしやく》が三十人となる。合計が五十四名で、このうち河島ら上士は、使用人一名を伴うことになっていた。

とはいえ高岡藩では、長く家禄の二割を借り上げとして徴収していた。実質的な減俸で、藩士は上も下もゆとりのない暮らしを強いられてきた。使用人を江戸には置いていない者もあった。

戦乱の世ならば、高岡藩のような小大名でも上士は馬と槍持ちを抱えなくてはならない。しかし平常時では、それができない者がほとんどだった。

「宿割の補佐役は、堀内晋作といたしまする。この者は道中許《どうちゅうばかり》といたしたい」

河島が具体的な名を挙げてゆく。異存があれば、誰かが声を上げる。

道中許とは、高岡へ着いてもすぐに江戸へ戻ることを意味する。堀内については、正紀が事前に耳打ちをしていた。願い通り江戸に残すが、剣の腕前は活かしたい。旅では何が起こるか分からないからだ。

さらに名が挙げられた。勤番を終えて帰る者を優先し、事情のある者については、井尻がその内容を説明した。

家中の者は、足軽でも名が分かるので、話は通りやすかった。

ただ三十名の足軽と中間は、藩内では賄いきれない。そこで人数合わせの足軽中間と小者は、仲介業者である人宿《ひとやど》を通して渡り者を雇うことになる。

通常は、出立《しゅったつ》の朝から高岡に到着するまで通しで雇う。これを通日雇《とおしひやとい》といった。

「一泊二泊の旅程で、まるまる雇う通日雇ですと高くつきます。出立と到着、それに途中の市川《いちかわ》の関所、また主だった宿場でだけ雇うことにしたく存じます」

井尻は節約の一つとして提案した。江戸と高岡間を、通日雇で三十人賄うとなると馬鹿にならない費用になる。

「もちろん、少しでも倹約はいたさねばなるまい」

正紀は応じた。

「さらに行列の順番も、明らかにしておかねばなりませぬ」

河島が言った。並び順には、軍列としての意味を持たせなくてはならない。

先頭には先馬二頭を置いて、後に井上家を象徴するすす竹羅紗の鞘に納められた槍を立てる。そして具足櫃《ぐそくびつ》、竪弓、弩瓢などの武具類が続く。それらを持つのは中間だ。

そして正国の駕籠を囲む家臣団の行列となる。

行軍であるから、家禄の多寡《たか》や役職の上下で、役目も順番もおのずと決まる。

「話を聞いていると、胸が躍りまする」

青山が言った。

翌日、佐名木は士分の者を広間に集めた。正国と正紀も同席している。そこで行列に加わる者を伝えた。

名を呼ばれた者は、「ははっ」と声を上げて低頭する。

余計な声を上げる者はいないが、名を呼ばれた者の顔には、満足の色が浮かんだ。

それが済んだところで、井尻は下士の者たちを武器庫の前に集めた。行列に使う武具と馬具の確認を命じたのである。

「まずいものは修繕をいたせ。金具類は磨いて見栄えの良いものにいたせ」

修繕も外に出せば、費用がかかる。できるだけ家中でやって、節約をするという趣旨からだ。

「どうもこれは、新調をしなくてはならないようです」

と申し出る者があると、井尻は怒鳴りつけた。

「たわけたことを申すな。この程度は、その方が直せ。まだ日にちはある。念入りにいたすのだ」

倹約に関するとなると井尻の発言には、気合が入っていた。

三

藩邸内での武具や馬具の修理は、翌日も続いた。しばらくは、毎日のことになりそうだった。井尻は見廻って、発破《はっぱ》をかける。

正紀が様子を見に行くと、井尻が近づいてきた。

「ご足労を願いたく存じます」

「どこか」

「人宿のところでございます」

今回だけでなく、これからも人を雇う。一度は足を運んでおいてもよかろうと考えた。

大名家では渡り中間を雇うのにあたって、支払う給金を一人一人に渡すわけではなかった。渡り者を仲介する人宿へ、人数分をまとめて払った。その支払金の交渉に行くのだという。

「値切りに行くのならば、力を貸そう」

「では」

二人は、源之助と植村を供にして、日本橋《にほんばし》に近い人宿の亀屋久右衛門《かめやきゅうえもん》の店へ向かった。

「人宿とは、どのような商いか」

歩きながら、正紀は問いかけた。

「まあ分かりやすく申せば、諸大名の求めに応じてもろもろの役目を請け負い、二月《みつき》や半年といった短い間や日雇いの奉公人、人足などを差配する者でございまする」

参勤交代だけでなく、遠国奉行の赴任や帰国、日光《にっこう》参詣などの行列に必要な若党、中間の調達が多い。また各大名屋敷の門番や警固《けいご》をなす者などの斡旋《あっせん》もあるとか。

「参勤交代のお国入りは、二月だけではありませぬ。一度に重ならぬように分けられておりますので、求めは一年中ありまする」

「なるほど、常に口利きをする仕事があるわけだな」

「そういうことで。亀屋に出入りする者は、常に参勤交代の列に加わっておりますので、要領が分かっております」

「雇う方は、使いやすいわけだな」

四人は、店の前に立った。店とはいっても、人宿は品を売るわけではない。間口は四間（約七・二メートル）ほどだった。大店という規模ではない。しかし建物は重厚だった。店の前に、枝ぶりのいい松が植えられていた。

「ずいぶん、立派な建物ではないか」

「ええ、たっぷり儲けていますゆえ」

正紀の言葉に、井尻は忌々《いまいま》しげな顔になって答えた。前のお国入りの折や、大坂定番として赴任する際に、亀屋を利用したそうな。

正紀と井尻は対談用の部屋に通され、主人の久右衛門と向かい合った。

「お国入り、まことにおめでとうございます」

形ばかりの挨拶だが、抜け目のなさそうな男だった。

「そこでだ。此度《こたび》もその方に足軽及び中間を頼みたい」

井尻が告げると、久右衛門が笑顔で頷いた。

「高岡ですと、一泊二日で三十人ほどでございましょうか」

その程度のことは、すぐに見当がつくらしかった。

「まあそうなのだが、当家が求めるのは通日雇ではない。出立や到着、関所の通過などの折にだけ加わる者を雇いたい」

聞いた久右衛門は、困惑顔を見せた。しかし返してきた言葉は、きっぱりしたものだった。

「これまで通り、通日雇でお願いいたします」

亀屋が大名行列に動員した渡り者は、宿場ごとに変わる宿継《しゅくつぎ》ではなく、全行程を通して従事する通日雇が中心だと告げた。

「それは、いかほどなのか」

この交渉をしたことがない正紀は尋ねた。江戸と高岡間の給金で、宿泊場所と三度の食事は藩が提供する。

「槍を手にする奴《やっこ》は、一人につき銀十七匁。陸尺は銀十六匁、平日雇は銀五匁、若党は銀七匁、刀役も銀七匁でございます」

支払うのは、それだけではなかった。夜間になった場合や回り道を通った場合は、一里一人につき銀一匁、荷物の重さが六貫目（約二十二・五キロ）を超した場合は、超過分一貫目（約三・七五キロ）につき銀四匁ずつを申し受けると付け足した。

小判一枚との両替は、銀六十匁を基準とした数字だ。

「ずいぶん高いな」

正紀はため息を吐いた。江戸の手伝い人足の一日の手間賃は、よくて二百文だ。米俵や酒樽など、重い荷を担わされる。三十人雇ったとしてもせいぜい一両ほどだ。

また行列は始まりも終わりも、決まった刻限内で収まるとは限らない。七つ（午前四時）立ちをするためには、二刻（四時間）くらい前には支度を始める。宿場に到着しても、それで終わりではない。荷の整理を行わなくてはならないし、事情で道が変わることもある。

その度に追加の費用がかかる。今の段階では、総額が見えないが、十両は下らないだろう。井尻が通日雇を嫌がった理由が呑み込めた。

「おっしゃる通り、ご入用の場所だけでもかまいませんが、三十人分の給金は同様にいただきます」

これでは意味がなかった。

「今少し、安くならぬか。これからも、長く使うのだぞ」

言い値を呑むつもりはないから、正紀はまずはこう告げた。

「皆、水の違う遠路の旅に出ます。渡り者とはいえ、その労には報いなくてはなりません」

「しかしその者らは、旅には慣れておろう」

と粘った。

「いえいえ、そういうことだけではございません」

動じる様子もなく久右衛門は手を振り、言葉を続けた。

「二月は、各お大名様でお国入りが重なってございます。人を集めるのも、なかなかにたいへんでございまして」

「近頃は、飢饉によって村を出た無宿人も多い。その者らを使えばよいのでは」

「作法も何も心得ぬ荒くれ者でございます。そのような者を、井上様のお行列に加えてよろしいので」

「………」

「私どもは、井上様からは長い間御用をいただいております。ですから他には不義理をしても、お行列で役に立つ者を集めます。そこをお含みいただきたく存じます」

「しかしな」

即答はできなかった。

「お嫌でしたならば、他所《よそ》をお探しくださってもかまいません」

あるはずがないという顔を向けていた。完全に足元を見られている。

久右衛門の言う通り、二月にお国入りをする大名家は少なくない。行列には人数を確保しなくてはならないから、大名家は渋々言われるままに支払うことになる。

お国入りの費用は、できれば六十両。かかっても七十両で抑えたいと話していた。

久右衛門の言い値で払ったら、完全に予算を超えてしまう。まして残り五十両の目処も立っていなかった。

保留という形で亀屋を出た。

「困ったものだな」

力のない声になったのが、正紀は自分でも分かった。

「給金は、亀屋から直に通日雇に渡すわけではありませぬ。棒頭《ぼうがしら》と呼ばれる渡り者の頭が受け取って、払われます。すべてを渡すわけではありません」

「亀屋と棒頭が、鞘を取るわけだな」

井尻と正紀のやり取りを耳にして、それまで黙って聞いていた源之助が、腹立ちの声を上げた。

「だからこのような家に、住めるわけですね」

一同は、重厚な亀屋の建物に目をやった。

「他の人宿を当たってみようではないか」

正紀は、この程度では怯まない。他の人宿を探して敷居を跨いだ。亀屋よりも、間口は狭い。

「ぜひとも、私どもでやらせてくださいませ」

相手をした番頭の愛想《あいそう》はよかった。井尻が、こちらの日にちと人数を伝えた。

「二月でございますか」

愛想はよかったが、告げてきた値は亀屋よりも高かった。値下げの交渉には、一切応じない。笑みを浮かべたまま拒絶をする。こちらが折れるのを待っている目だ。

さらに二軒廻ったが、同じような返答だった。

四

屋敷に戻った正紀は、廻った人宿でのやり取りについて京に伝えた。孝姫は眠っている。寝ているときだけは静かだ。その寝顔は愛らしかった。

「あやつらは、少しでも多く金を使わせようとするぞ」

つい愚痴めいた言い方になった。何であれ雇わなくてはならない弱みに、付け込まれた忌々しさがある。

「稼げるときに、稼ぎたいのでございましょう」

当たり前ではないかといった顔で、京は答えた。

「商人とは、そういうものでございましょう」

と言い足した。

「しかし困ったぞ。言い値を払ったら、とても七十両では収まらぬ」

京の言葉は事実だが、正紀の本音はこちらだ。井尻は悄然とした面持《おもも》ちのまま帰ってきた。その姿を目にした源之助と植村は、声かけもできないまま後についてきた。

「金がなくて参勤交代ができず、改易になどなったら末代までの恥だぞ」

現実味のある話として、正紀はこぼした。たとえ今回は凌げたとしても、お国入りと参府は、半年ごとに繰り返される。高岡河岸の納屋や拝領町屋敷の実入りがあっても、参勤交代で食い潰されてしまう。正国には、何かのお役に就いて欲しいが、今はそれもままならない。

しばし首をひねっていた京が、口を開いた。

「ならば、人宿など相手にしなければよいのでは」

京はまた、突拍子もないことを言い出した。足軽や中間がいなければ、行列にはならない。

「では、どうするのか」

「三十人、国許から百姓を呼んで使えばいいのです」

「まさか」

魂消《たまげ》た。そんな発想はなかった。

「どちらにしても、二日分の食事は藩が出します。これは誰が相手でも同じです。しかし給金は、大幅に安くできるのではないでしょうか」

二月は農閑期だから、百姓は田圃《たんぼ》に縛られない。往復でも、たかだか数日のことである。江戸の人足並みの日当を与えれば、かえって大喜びをするだろうというのが、京の言い分だった。

「ううむ」

それができれば、大きな節約になる。

「正紀さまのためならば役に立ちたい、という者は多かろうと存じます」

杭二千本を使った利根川の治水工事から河岸場の活性化、一揆を治めるなどあって、領民からの信頼が厚いことを前提にして京は言っていた。高岡河岸のお陰で、百姓たちは荷運びなどで日銭を得られるようになった。

妙案だとは思うが、気になることもあった。

「百姓と侍では、そもそも歩き方が違うぞ」

「多少のことは仕方がないでしょう。しかし刀を抜いて争うわけではありませぬ。歩き方だけ、数日国許で稽古をさせ、江戸へ寄こしてはいかがでしょうか」

「なるほど」

検討の余地は、ありそうだった。

翌日、正紀は正国の御座所で佐名木、井尻、河島を交えて、国許から百姓を呼んで中間とする件について提案をした。

井尻は聞いている間何度も頷きを返したが、正国は渋面になった。すぐに言葉を返してきた。

「百姓に、侍の役目ができるものか。そもそもそれでは、示しがつかぬではないか」

不機嫌さを隠さない。士と農の身分の違いは、厳然として守られなくてはならない。また久々のお国入りだから、見栄を張りたい気持ちもあるのだろう。それは分からなくはないが、受け入れてほしいというのが正紀の気持ちだった。

佐名木は何か考えている様子だった。井尻は躊躇《ためら》う様子を見せてから、「畏《おそ》れながら」とした上で口を開いた。

「京様のご提案は、節約をするという見方からすれば、理に適《かな》っていると存じまする」

少しでも節約できるのならば、そうするべきだとの意見だった。

「ううむ」

正国は渋面を崩さない。国許の百姓を行列に加えるのは、どうしても嫌らしかった。こだわっているのは、体面というものだと分かる。

尾張徳川家に生まれ、大坂定番や奏者番まで務めて能吏と評価された。尾張一門の都合で役職から身を引いたが、いつかは政の表舞台に返り咲きたいとの野望を持っていることも、正紀は感じていた。

今は尾張徳川家のご意見番という立場にいるが、それでは満足をしていなかった。そんな正国が、金がないからといって百姓をお国入りの行列で使うなど、気持ちが許さない。百姓たちには、麗々《れいれい》しい行列を見せなくてはならないと思っている。

これは難しい提案だったと、正紀は感じた。

「わしは当家の武威の証である槍の新調も、あきらめたのだぞ」

この言葉には、怒りがこもっていた。井尻は肩をすくめさせた。提案を取り下げるしかないと正紀が腹を決めかけたとき、佐名木が口を開いた。

「殿が遠路のお役目や、ご公儀の要職をお務めになられたことは、我ら家臣だけでなく領民も分かっていると存じます」

何を言い出すのかと、一同は固唾《かたず》を呑んだ。

「しかしそれがしが愚考するに、百姓が行列に加わるのは、仕方がなくとか、銭金のためとするのは違うように存じます」

いかがかと、佐名木は河島に意見を求めた。

「皆がお国入りを喜び、楽しみにしております」

河島だけでなく、正紀も頷いた。次の言葉を待った。

「高岡河岸の利用は増えております。百姓の暮らしは厳しいにしても、数年前とは違ってまいりました。これは誰もが分かっていると存じまする」

「いかにも、それは明らかだ」

正紀が応じた。佐名木が後を続けた。

「国許から、百姓が迎えに来た。そして殿をお守りしながら、国許まで引き上げる。そう考えれば、身なりは中間で行列に加わっていようと、喜びお迎えする気持ちに変わりはございませぬ」

恥じることではない。金を絡めて考えるから、不満が出る。佐名木はそれを言っていた。

「さようでございますな。殿をお迎えしたい気持ちは家臣だけでなく、百姓も同じでございましょう」

正紀が返した。河島も井尻も頷いた。

「そうだな」

厳しかった正国の表情がわずかに緩んだ。正国も藩財政の状況については、分からないわけではない。ましてや暴君でも暗君でもなかった。

「分かった。そういたそう。ただ嫌がる者は選ぶな」

「ははっ」

正国は、納得も満足もしていない。けれども他に手立てがないと察して辛抱しているのに他ならなかった。

これで話が決まった。この件を、国許に伝えなくてはならない。

佐名木が、国家老の児島丙左衛門に事情を伝える文を書いた。

「おれも、小浮《こぶけ》村の名主彦左衛門《ひこざえもん》に依頼の文を書こう」

彦左衛門や倅の申彦《さるひこ》とは、婿に入る前から縁があった。利根川の護岸工事で、力を合わせた仲である。

懸案の一つが解決し、足軽等の雇い賃は安くつきそうだ。しかし足りない五十両ほどについては、どうにもならないままだった。

師走になって、冷え込みが厳しくなってきた。晴れていても、風があれば陽だまりでも震える。正国の御座所には火鉢があるが、正紀や佐名木の部屋にはない。もちろん藩士の用部屋にもない。

「寒ければ、厚着をしろ」

井尻が告げる。ただ武具の修理では、手がかじかんではできないこともある。その部屋にだけは、火鉢の使用が許された。

ともあれ、なすべきことはなしてゆく。解決しないのが、金だった。

五

間を置かず、行列の出立日を決めた。ご公儀には二月の御暇としているが、日にちは各御家で決める。

「二月十三日出立でいかがでござろうか」

正国の御座所で、佐名木が言った。正紀、河島、井尻が同席している。佐名木が続けた。

「その日は成田街道大和田宿に投宿し、翌十四日の夕刻に高岡陣屋到着といたしたく存ずる」

二月は、共に下総で方向が同じ多古藩松平家でもお国入りがある。佐名木は多古藩の中老谷田貝と連絡を取り合い、日にちの調整をしていた。

大和田宿には本陣が二つあったが、共に大きい方の井桁屋《いげたや》を使っていた。重なっては面倒だからずらす。多古藩は前日の出立だった。

「うむ。それでよかろう」

正国の一言で決まった。

「では早速、宿割の青山と補佐役の堀内に、かの地へ向かわせることにいたします」

井尻が言った。宿泊だけでなく、休憩所の手配も行う。川割の本間にも、事に当たらせる。


大和田宿の本陣行きを命じられた二日後、青山は堀内を伴って高岡藩上屋敷を出立した。行程の実地踏査を兼ねるので、大和田宿からさらに陸路を使って高岡まで行く。

青山にとって参勤交代は初めてのこととなる。成田街道を使うのは初めてではないが、お国入りの行列で進むとなると勝手が違う。過去の行程についての綴《つづ》りはあったが、時が経っている。やはり緊張した。

未明の七つ立ちで、ほぼ一日十里（約四十キロ）を歩く。なかなかの強行軍だ。しかも行列だから、勝手な動きは取れない。適切な距離で雪隠《せっちん》を使わせ、休憩を取らせなくてはならない。

青山の役目は、藩主の宿の確保だけでなく、行列のすべての者の宿の確保と食事の依頼、休憩所の手配が中心になる。

井尻と最後の打ち合わせもしたので、二人が屋敷を出たのは明け六つ（午前六時）をやや過ぎた刻限だった。

二人は浅草寺風雷神門《せんそうじふうらいじんもん》前を通り過ぎて、日光《にっこう》街道に入った。旅人だけでなく、すでに振り売りや町の者の行き交う姿があった。

千住《せんじゅ》宿を過ぎると、代わり映《ば》えのしない田の道が続く。いくつかの村を過ぎ、菅原《すがわら》村へ入った。この村には茶店などないが、先例ではここで最初の休憩を取っていた。

青山と堀内は、名主屋敷を訪ねた。前回は、ここと百姓代の屋敷などを使って休憩をしていたようだ。

「此度も頼みたい」

「かしこまりましてございます」

人数を伝え、具体的な接待の内容を確認する。

「上士の者でも、菓子などいらぬ。茶だけで充分だ」

節約しろと言われている。足軽中間は、井戸を使わせる。何よりも肝心なのは、五十人分の雪隠を確認することだ。手間取って、出立に間に合わなかったでは士気に関わる。また隊列を整えた行列である以上、勝手な場所で用を足させるわけにはいかない。

近所の農家のものも借りるようにと、綴りには記してあった。

中川を過ぎると、市川の関所があり、その先には江戸川が横たわっていた。このあたりは関宿《せきやど》経由の水路を使うときに通り過ぎる。

関所は出女《でおんな》には厳しいが、男の場合は武家も町人や百姓も細かい詮議はない。青山と堀内は藩名と名を告げるだけで、通り過ぎることができた。

「女は手形を見せるだけではだめですね。番屋に連れ込まれましたよ」

堀内が言った。身なりのきちんとした商家の女房ふうで、供を三人連れていた。怪しい者には見えないが、番人たちは慎重だった。

江戸川を渡し船で越えて、田に挟まれた道を行く。昼食は千住宿から四里（約十六キロ）あまりの八幡宿《やわた》だった。ここでも前に使ったという旅籠《はたご》で、食事をとる。主人と、その打ち合わせをした。

殿様が使う部屋と雪隠は、己の目で見て確かめておかなくてはならなかった。不都合があれば、直させる。

大名行列は、行き当たりばったりの旅ではない。二人はここで、主人から昼食を振る舞われた。これは役得だ。

そして夕刻近く、青山と堀内は大和田宿へ入った。途中青山は、何者かにつけられているような気がした。草鞋を直すふりをして、何度か後ろを振り返った。しかし怪しげな者の姿は見当たらなかった。

「我らをつけたところで、何の得もあるまい」

気にしないようにした。

本陣井桁屋の敷居を跨ぎ、主人九郎兵衛《くろべえ》と打ち合わせをした。初老で、下膨《しもぶく》れをした顔をしていた。

「お殿様の部屋は、こちらとなります」

九郎兵衛は先に立って案内をした。建物の奥に当たる、手入れのされた庭に面した十二畳の二間続きの部屋だ。続いて士分の者やその他の者が使う部屋を検《あらた》めた。

井桁屋には離れ家もあったが、これは使わない。過去の参勤交代でも井桁屋を使っているので、差し障りになるようなことはなかった。

借り受けた建物や部屋は、ご城内と同じ扱いだ。その仕切りを示すために、関札という木製の札を立てた。これには『井上筑後守《ちくごのかみ》宿』と記される。それを立てる場所も確かめた。同じものを、宿場の入口にも立てる。

大名家としての存在を示す意味もあった。

多古藩は、前日に宿泊する。他の大名家と重なることはなかった。

井桁屋で一夜を明かした青山と堀内は、高岡へ向かう。酒々井《しすい》宿、成田宿を過ぎた。成田宿を過ぎると、道行く人の数が極端に減った。ここまでは、江戸からの成田詣での者がいたからだ。

街道からでも立派な伽藍《がらん》がうかがえたが、二人は横目で見ただけだった。

高岡藩の領内に入った。懐かしい田の道があり、百姓の家が目に映った。利根川の流れの音も、耳に響いてきた。

「青山様」

陣屋へ入る前に、小浮村の名主彦左衛門と倅の申彦が駆け寄ってきた。歩く姿に気付いたらしかった。

「お殿様のお国入りを、お待ちしております」

まず彦左衛門が言った。そして続けた。

「ご家老様からのお指図だけでなく、正紀様からのお文もいただいております」

三十人の百姓を集めるという依頼の件だった。

「我が村だけでなく、他の村からも喜んで人を出します」

申彦が伝えてきた。正紀は絶大な信頼があったから、嫌がる者はいなかったとか。

ただ農閑期なので、取手《とりで》や銚子《ちょうし》へ稼ぎに出ている者もいる。それらへは、正月に戻った折に話すとか。

「私も、行列に加えていただきます」

中彦は嬉しそうだ。

青山と堀内は、家老の児島と会って、江戸の状況を伝えた。

その翌日、青山は行列に加わる村人二十人を陣屋に集めた。残りの十人は、出稼ぎから戻ったところで集める。

皆、真剣な面持ちだ。まずは道具類を持たせた。二人で持つ具足櫃の持ち方はともかく、槍や竪弓、弩瓢の持ち方が分からない。

「そこを持つのではない。よく見ろ」

青山や藩の者が、目の前で担って見せる。

「こうですね」

一度でさまになる者もいるが、何度やってもへっぴり腰が直らない者もいた。繰り返してやらせた上で、次は並ばせた。一日目は、歩くまで至らなかった。

しかし百姓たちは、やる気があった。

「正紀様のお役に立てるのも嬉しいですが、その上で日に百文いただけるのは助かるようです」

中彦が言った。百姓を使うのだからただでもよさそうだが、これはお国入りだから、とりたててのことといってよかった。

すぐには使い物にならないが、稽古を重ねれば何とかなりそうな気がした。青山と堀内は、高岡に三日いて江戸へ戻った。帰路では、何者かにつけられていると感じることはなかった。

六

「うむ。ご苦労であった」

青山から実地踏査の首尾を聞いた正紀は、行列の支度は順調に進んでいると受け取った。ただ道中で何者かにつけられていると感じたことがあるとの言葉には、気持ちが残った。

青山をつけている者がいたとしたら、正国のお国入り道中の実地踏査だと分かるはずだった。わざわざ気付かれぬようにつけるくらいなら、そこには企みが潜んでいる。

「高岡藩の行列に、何か仕掛けようという腹か」

仮にそういう者がいるとしたら、まずは白河藩の河鍋丹右衛門が頭に浮かぶ。家老に次ぐ用人という地位を、高岡藩及び正紀との関わりで失った。自ら蒔いた種とはいえ、恨みは大きいはずだった。

ただ拝領町屋敷にしても三方相対替にしても、奥州《おうしゅう》屋という大店商家の金銭的な後ろ盾があった。しかし奥州屋は企みが露見して闕所《けっしょ》となった。金蔓《かねづる》をなくして無役となった身では、大名行列を邪魔する力はない。

少人数で襲ったところで、返り討ちに遭うのは目に見えていた。

ただ気にはなった。そこで念のために、源之助と植村に、河鍋の現況を調べさせておくことにした。

どれほどのことができるか分からないが、舐めてはいけない。お国入りには、少しの支障もきたしたくなかった。

正紀から命を受けた源之助は、植村と共に北八丁《きたはっちょう》堀《ぼり》の白河藩上屋敷へ足を向けた。町は師走の様相を見せている。寒風が吹く中でも、各商家の奉公人たちは忙《せわ》しなさそうに動いていた。

楓川《もみじがわ》の東河岸に、土塀が長く続いている。白河藩上屋敷の敷地は広大で、三千坪をはるかに超していた。しんとしていて、風の音しか聞こえない。重厚な長屋門は手入れも行き届いていて、屋根が高かった。通りは数枚の落ち葉があるだけだ。下々の者の訪れを拒絶しているように見えた。

その門前に、源之助と植村は立った。

「さて、どういたしましょう」

植村が言った。無役とはいっても、藩の上士である。門番所へ行って問いかければ、怪しまれる。

「若党か中間あたりが出て来るのを待ちましょう」

今どうしているかを尋ねるだけだから、相手を選べば聞き出すことができると源之助は踏んでいた。

同じ場所で見張れば怪しまれるので、少しずつ場所を変えた。ただ川べりの道だから、吹き抜ける川風は冷たかった。

半刻（一時間）ほどしたところで、潜り戸が内側から開いた。近寄ろうとしたが、身分のありそうな侍だった。それでやめた。

逆にあれこれ問われたら面倒だ。

そしてさらに四半刻（三十分）ほどしたところで、三十代半ばとおぼしい中間が外へ出てきた。少しばかり歩いたところで、源之助が声をかけた。

「卒爾《そつじ》ながら尋ねたい」

相手は中間でも、こちらは尋ねる身なので、横柄な態度は取らなかった。何の用かという目をしたので、言葉を続けた。

「河鍋丹右衛門様はご健在か」

前に世話になった者だと言い添えた。

「お役を降りてからは、築地《つきじ》の下屋敷へお移りになった」

と返された。

「いろいろあったと、聞き申した。ご無念でござろう」

「まあ、減封《げんぽう》にもなったと聞きましたぜ」

中間は言ってから、余計なことを口にしたと思ったらしい。表情を引き締めた。しかし源之助にしてみれば、これだけ聞くことができれば充分だった。

「いや、手数をかけた」

これで中間とは別れた。

河鍋は、白河藩士ではない自家の家臣である須黒啓之助《すぐろけいのすけ》に、滝川の拝領町屋敷の打ち壊しを命じた。企みは正紀の機転によって封じられ、その責を須黒に押し付けた。

己は与《あずか》り知らぬこととしたのである。それで御家断絶や切腹は免れたが、役を奪われた。下屋敷に追いやられ、減封にもなった。飼い殺しといっていい身分である。

「家老職まで狙っていたはずですが、落ち目になったものですな」

植村はいい気味だという顔をした。

ともあれ源之助と植村は、築地の白河藩下屋敷へ足を向けた。浜御殿《はまごてん》の北側に大名屋敷が並ぶ、その中の一つだ。界隈は江戸の海に近いから、潮のにおいが濃い。湿った冷たい風が吹きつけてくる。

「敷地の広さだけならば、当家の上屋敷よりも広いですね」

門前に立った植村が、建物に目をやって言った。門構えこそ大きいが、建物自体は古い。上屋敷のように、手入れが行き届いているわけではなかった。

ここでも、中間が出て来るのを待った。たっぷり半刻待った。

源之助が、現れた中年の中間に問いかけをした。

「政に関わることもなく、碁と剣術の稽古の日々ですかな」

訪ねて来る者もいないらしい。上屋敷にいたときのような勢いは、まったく失っている様子だった。

「では、碁や剣術の稽古のお相手は」

「国許から、家臣の須黒禎之助《さだのすけ》を江戸に呼び寄せました」

腹を切った啓之助の弟だそうな。

「可愛がっていて、毎日のように二人で稽古をしています」

どちらもなかなかの腕前だと付け足した。

兄の啓之助には、蜥蜴《とかげ》の尻尾切りよろしく罪を着せて、わが身を守った。その後ろめたさがあるのかもしれない。今度は弟を利用しようと企んでいるとも考えられる。

源之助は、念のため尋ねた。

「禎之助殿は、この数日で旅に出ることはなかったですかな」

「旅に出たかどうかは分からないが、二、三日、姿を見ることはなかったですね」

藩士ではないから、屋敷内で寝起きしていても気遣われることはない。日にちを訊くと、青山らが出かけていた日と重なる。

断定はできないが、青山らをつけた可能性がないとはいえなかった。

中間と別れたところで、植村が言った。

「青山様と堀内が江戸を出たことは、屋敷の者しか知りません」

「それはそうだが」

向こうもこちらを探っていたならば、同じように渡り中間あたりに訊いたかもしれなかった。

その頃正紀は、正国の御座所で佐名木、河島、井尻の五人で話をしていた。行列の支度は、徐々にできている。しかし肝心の経費については、捻出できないままだった。畳替えをなくし、薪炭の節約をしても、それだけでは七十両を作れない。藩庫から二十両を出すにしても、あと五十両は必要だ。

正紀も、手をこまねいていたわけではなかった。当たれるところは、再度当たった。

「この前、お断りをしたではないですか」

うんざりした顔をされた。主人に居留守を使われたこともあった。正国が奏者番を辞めてから、明らかに応対が変わった。役目を失ったことは大きい。

正紀は実家の竹腰家を頼ることも考えてみたが、吝《しわ》い兄の睦群《むつむら》が出すとは思えなかった。

竹腰家の財政は井上家よりもましだが、尾張徳川家の付家老《つけがろう》という役目柄もあって、交際範囲が広かった。したがって出費も多く、豊かとはいえない。

泣きつける相手はいないかと考えて、頭に浮かんだ相手は一人しかいなかった。伯父の徳川宗睦である。以前、井尻が正国に提案して一蹴されたが、ここまで追い詰められたら、やはり頼んでみるしかないのではないか。

「いかがでございましょう」

頭に浮かんだことを、正紀は口に出して言ってみた。

「それしかありませぬな」

佐名木が受けて、井尻が大きく頷いた。そうして欲しいという気配が漂った。

「しかしな。宗睦様からはすでに当家は、利根川の治水で杭二千本の世話になっておるではないか」

正国は、気が進まない様子だ。正紀も、宗睦は簡単には金を出さないのは分かっていた。そもそも参勤交代は、高岡藩の問題だった。

とはいえ、宗睦は話の分からない人物ではない。

尾張藩では、先々代当主宗春《むねはる》の放漫財政により、藩財政は一気に窮乏化した。これを先代の宗勝と当代の宗睦とで、盛り返してきた。治水工事を進めて、熱田《あつた》での開墾事業を成功させた。

宗睦が正紀に二千本の杭を寄こしたのは、治水工事の大切さが分かっているからだ。政治家として非情な一面もあるが、何が大事かを見る目は持っている。高岡藩の窮乏は、怠慢ゆえのものではない。万に一つ、理解を示してくれるかもしれなかった。

「日頃の心掛けが悪いと、お叱りを受けるだけではないか」

正国は兄には頭が上がらないから、気が重いのだ。なかなかその気になれないようだ。

「されば他に、どのような手がありましょうや」

井尻は肩を落とした。河島も、言葉を出せないでいる。

「ともあれ、当たってみましょう」

他に手がないならば、頼むしかない。たとえ直接には借りられなくても、何か手立てを講じてもらえるのではないか。正紀はもう一押しした。

「そうだな」

正国も渋々応じた。正紀と正国で、尾張藩上屋敷へ出向くことにした。

第二章　危ない座興

一

夕方近くになって、出かけていた源之助と植村が屋敷へ戻ってきた。正紀は、河鍋について分かったことを聞いた。

「須黒家の家督は弟に継がせたと聞いたが、それが禎之助という者だな」

「家は潰さないという了解の上で、啓之助は腹を切ったのかもしれません」

「わざわざ江戸へ呼んだのは、禎之助をうまく使おうという腹もあるのではないか」

これも否定できない。

「禎之助が、屋敷を留守にしたのは確かです。江戸で他に行き場所などないでしょうから、宿割の二人をつけたと考えるのが妥当かと存じます」

「となれば意趣返しをしようと、策を練っていることは間違いありませぬ」

源之助の言葉に、植村が続けた。

「ただ河鍋ら二人だけでは、お国入りの行列に対して何もできませぬ」

「刀を抜けば、斬って捨てられるのみです」

「捕らえられれば、河鍋家は断絶です」

源之助と植村の言葉は、間違いない。話を聞く限り、何かができる状況ではなさそうだった。

松平定信は政敵だが、卑怯な真似はしない。河鍋らに力を貸すとは思えなかった。油断はできないがすぐに手を打つほどではないだろうと判断した。

宗睦との面会は、翌々日の昼下がりにできることになった。多忙な身だから、縁者であっても容易《たやす》くは会えない。

その日は朝から氷雨が降っていたが、正紀は藁《わら》をも摑む思いで屋敷を出た。正国は今日になっても気が重そうだった。

面談の前に、正紀は兄の睦群の用部屋へ呼ばれた。

「高岡藩当主と世子が揃って何事か」

さすがに気になるらしかった。部屋には火鉢があって、手をあてられた。これはありがたかった。

「はあ、来年の二月に、お国入りがあります」

「挨拶には、まだ早かろう」

「いや、それではなく」

ちと、言いにくい。

「ははあ、金だな。それならば駄目だぞ」

機先を制された。

「お出しにはなるまい」

と決めつけられた。睦群は付家老という役にあるから、人脈も広く情報通だった。その部分では大いに助けてもらっているが、金が絡むと物言いが厳しくなる。

「では今尾藩で、お力添えをいただけますでしょうか」

「たわけたことを申すな」

あっさり退けられた。状況を聞こうともしなかった。

「まあ、怒らせぬように。なだめるのは厄介《やっかい》だぞ」

と告げられた。

呼び出しがあって、正紀は正国と共に宗睦の御座所に通された。睦群も同席したが、素知らぬふうで座に着いた。

宗睦は相手が正国や正紀だと、気持ちを許して話す。まずは雑談から始まる。これで幕閣の動きも分かるし、宗睦の本音をうかがうこともできる。雑談は楽しかった。

「江戸市中には、長引いた飢饉のせいもあって無宿人が溢れておる。また金回りが悪くなったせいで、稼ぐ道を失った町の者も少なくない。そうした者は食うために、悪さに走る。これを何とかせねばならぬのは、わしらも定信も同じだ」

「ははっ」

「そこで旗本の長谷川宣以《はせがわのぶため》は、人足寄場《にんそくよせば》なるものを拵《こしら》えてはと老中に進言した。存じておるか」

「話は、聞いたことがありまする」

正紀は答えた。

人足寄場は無宿者や暮らしに困窮《こんきゅう》した流浪の者、犯罪の虞《おそれ》のある者を三年を目処に収容し、手に職をつけさせて江戸の町へ戻す更生施設といってよかった。手に職があり、働く場があれば、罪を犯さなくて済む。江戸の町の安寧《あんねい》も保たれる。

「長谷川は火盗改《かとうあらた》めの加役でもあるので、悪事をなす者の気持ちが分かるのであろう。定信はその進言を受け入れた。あやつもたまにはよいことをする」

罪人を裁く前に、悪事を犯す芽を摘むという考え方は理に適っている。

珍しく宗睦は定信を褒めたが、金の出し方については、世情を分かっていないと非難した。無宿人が増えたのも、飢饉のせいだけでなく棄捐の令を始めとする金融政策がまずいからだと責めた。

「定信が用地として与えたのは、石川島《いしかわじま》と佃島《つくだじま》の間にある葭沼《あしぬま》一万六千三十坪である。隔離するためゆえ、場所はそれでよい。しかしこれを地ならしして建物を造り、諸道具を調えるのは並大抵のことではない。二百人から三百人を容《い》れるものだからな」

「はあ」

「あやつは拵えるための手始めの費えとして、金五百両と米五百俵を与えた。それでできると思うか」

「いや、それはちと」

具体的にどのくらいの金が要るかは見当もつかないが、それでは無理だとすぐに分かった。正国が務めた大坂定番のお役料は三千俵だった。それでもゆとりはなかった。

ましてや各村からあぶれた二、三百人の荒くれ者を収める施設造りである。

「金は出さず、口だけは出す。それでもことは進んでいるが、それは長谷川の才覚があってのものだ。ところがあやつは、己の力だと考えている」

「命じたのは、自分だ。ということでございますね」

「そうだ」

宗睦は、そこが気に入らないらしい。正紀も、定信らしい不遜さだと思った。

人足寄場の話が一区切りしたところで、正紀はお国入りの件を持ち出した。正国は気が重いからか、なかなか切り出さない。

対面の時間が限られているから、ぼやぼやしてはいられない。用件を直截《ちょくせつ》に伝えた。話し終わらないうちに、宗睦の表情が変わった。

「金は出せぬ。それは高岡藩が始末すべき問題だ」

雑談のときとは打って変わって、冷ややかな返答になった。予想通りでもある。言われたことは間違っていなかった。

しかしこれで引き下がったら、やって来た意味がない。正紀は続けた。

「当家の主は、本来ならば奏者番のお役目にあって、お国入りはなかったはずでございます」

「だから何じゃ」

宗睦は、早くこの話題を打ち切りたい様子だ。苛立《いらだ》たし気に返してきた。

「急の退任となりました。まことに、驚きましてございます」

「…………」

「私どもは長くお役目にあって、お上のため、尾張一門のために、力を揮うものと考えておりました」

「何が言いたい」

不機嫌な表情は変わらない。睦群は、もうそれ以上は言うなという目を向けていた。

正紀は怯みかける気持ちを奮い起こした。

「奏者番の退任は、当家の意志だけではありませんでした。一門の総意であると受け取っております」

「ううむ」

宗睦の表情が変わった。こちらの言いたいことを、飲み込んだらしかった。勘は鋭い。しばし正紀を睨みつけた。

「お国入りは、一門の総意を汲《く》んだがゆえの出費で、一部をわしに出せというわけだな」

「ははっ。畏れ入りまする」

正紀は両手をつき、頭を下げて額を畳にこすりつけた。横で正国も頭を下げた。

「小賢《こざか》しいことを申しよるな」

と言われて、首を縮めた。次は怒鳴り声が飛んでくると思った。しかしそうではなかった。

「お国入りに関わる、金子のありようを申してみよ」

と告げられた。五十両がどうしても足りない旨を伝えた。ぎりぎりだと四十両だが、多めに伝えた。

「確かに奏者番を辞するについては、一門の意向を受けてのものであった。しかし参勤交代は、何であれ各藩が総力を挙げてなさねばならぬ軍役といってよいものである」

「はあ」

それを言われると、返す言葉がない。

「太平の世ゆえ戦はないが、いざ鎌倉《かまくら》という折に、金がない馬がないでは話にならぬではないか」

「さようで」

腹を立ててはいない。理をもって断られたと感じた。あきらめたところで、宗睦は言った。

「しかしその方の申しようが、分からぬわけではない。十両だけ、手元金から出してやろう」

「ありがたき幸せ」

正紀と正国は、また深く頭を下げた。

「取り立ての件である。人に漏らしてはならぬ」

宗睦が言った。確かに他所に知られれば、困窮した者が押しかけて来ることになる。

「それとな、一つ伝えておきたい話がある」

機嫌は元に戻っていた。宗睦は別件として、大奥御年寄の滝川が御台所《みだいどころ》寔子《ただこ》の代参で小石川《こいしかわ》の伝通院《でんづういん》へやって来るという話をした。

「芝居や食事の供応は高須藩《たかす》でするが、短い間ならば会うことができる」

「さようで」

滝川と会うのは気が重い。嬉しい話ではないが、金の話をした直後だった。

「会って挨拶をするがよい。その方に、会いたがっているようだ」

「ははっ」

これは好みではなく、尾張一門として関わりを深めておけという命令だ。否やはない。一瞬、滝川から金を借りられるかと思ったが、そこまで頼める相手ではなかった。

二

宗睦に助けられたとはいえ、まだ四十両ほどが足りない。高岡藩邸に戻って、正紀は正国と佐名木の三人で、対策を練った。

「井上家の本家である浜松藩や尾張の縁筋の高須藩、叔母品《しな》様が正室として嫁いでいる常陸府中《ひたちふちゅう》藩、そして叔父の政脩《まさのぶ》様が婿に入った日向延岡《ひゅうがのべおか》藩などにもお願いに参りたいのですが、いかがでしょうか」

たとえ少額でも重なれば数になると考えて、正紀は口にした。

「いくら何でも、それはならぬ。親戚中に、恥をさらすようなものではないか」

正国は言った。助けてもらったとはいえ、宗睦のところでさえ行くのを躊躇ったのである。

「確かに、そうかもしれませんな」

佐名木も応じた。武家は体面を重んじる。背に腹は替えられないが、正国と佐名木の言うことも分からなくはなかった。

「もう一度、出入りの商人を廻ってみましょう」

一軒や二軒、根負けをして貸す者がいるかもしれない。

この間、武具馬具の修理も進んで、関札の用意もできた。

節約とはいっても、費用はかかる。その金は藩庫にあるものを回すが、綱渡りをしているような危うい状態だった。

ただ行列に加わる藩士たちの気持ちは、盛り上がっている。江戸を去ることを惜しむ者もいるが、妻子と会えることを、多くの者は楽しみにしていた。

正紀が佐名木の部屋で話をしているところへ、井尻が冴えない顔でやって来た。呼びもしないのにやって来るのは、ほとんどの場合金の話だ。

「お供に決まった者たちから、催合金《もやいきん》を欲しいという声が上がっております」

催合金とは、藩士たちが俸禄の高に応じて出資した金銭を積み立てておき、参勤交代の折に供に命じられた藩士へ資金を分配する制度だ。江戸では井尻が金を預かっていた。

一人頭にしたらさしたる額にはならないが、あるとないとでは大違いだ。

「江戸の土産を買うためだな」

藩士たちがしていた話を思い出した。国許の家の者たちも楽しみにしているだろう。たとえ高価なものでなくとも、江戸のにおいのする品ならば喜ぶはずだ。

「渡してやれば、よかろう」

そのために集めた金銭ならば、戻してやらなくてはならない。

高岡藩では出かける直前に草鞋銭は出すが、改めて手当を支給することはしない。すべてが奉公の内だと考えるからだ。

「それはそうなのですが」

井尻は依然として冴えない顔だ。

「その金子ですが、何があるか分かりませぬゆえ、手元に置いておきたいと考えておりまする」

「…………」

聞いた瞬間は吝いやつだと思ったが、一呼吸すると気持ちが変わった。

井尻は勘定方の頭として、ぎりぎりのところで支出をしている。藩士の積立金であっても、不測の事態に備えて手元に置いておきたいという井尻の気持ちが分からないわけではなかった。

「内証《ないしょう》は、それほど厳しいのか」

分かってはいるが、訊いてみた。

「修理に出している馬具などの払いは、これからでございます。三十両ほどかと思うておりましたが、思いの外、高くつくやもしれませぬ」

本来ならば新調すべき品も、修理に回した。直した箇所は、当初よりも多かった。井尻はそこが不安なのだった。

「しかし供をする者は、一日でも早く欲しいであろう」

すると井尻が、正紀の顔を見詰めた。

「残りの四十両は、まことに手に入るのでございましょうか」

これが催合金を渡したい気持ちを遮っていると気が付いた。井尻にしても、銭は与えたいのだろう。金子さえあれば、誰であってもけち臭い真似はしたくないはずだ。

「四十両は、何としてでも調えなくてはならないものでござる。渡さねばならぬものならば、渡してやればよいのでは」

佐名木が言った。

「そうだな。締め付けるばかりでは、士気に関わろう」

万事に節約をする中での行列だ。

「分かりました」

井尻も腹を決めたらしかった。

夕刻、正紀が京の部屋へ行くと、姑の和《かず》がいて孝姫を遊ばせていた。この部屋には火鉢に炭が埋《い》けられている。

和は先代藩主正森《まさもり》の娘である。正森は男児を三人儲けたが、早世してしまった。そこで嫁いでいなかった和が、正国を婿として井上家に迎え入れた。

姫様育ちで、狩野《かのう》派の絵を好み、自ら絵筆を握った。世間知らずの贅沢好きだが、絵の鑑定については優れた眼力と知識を持っていた。そのお陰で、正紀は危機を潜り抜けられたことがある。

和も孝姫は可愛いらしく、折々京と三人で一時《いっとき》を過ごしていた。

正紀は、井尻とした催合金について話をした。

「渡すのが、何よりでございましょう」

「いかにも、そうじゃな」

京の言葉に、和も応じた。ただその言葉は、お国入りの資金のために汲々《きゅうきゅう》としている藩財政への思いはない。京のように、深刻には受け止めていなかった。四十両の不足についても、知らないはずだった。

「いざとなったら、茶道具や狩野派の軸も手放すしかありますまい」

京が続けた。京は茶の湯を愛好している。どの程度の道具を持っているのか正紀には見当もつかないが、出してもいいと告げていた。

しかし耳にした和の顔つきが変わった。

「いや、それはならぬ」

厳しい口調だった。

もちろん京は、和にも聞かせるつもりで口にしていた。覚悟をしてほしい、という気持ちがあったのだろう。

「前に、軸物を出した。あの折そなたは、二度とそういうことがないようにすると申したではないか」

「それは」

「武士に二言はあるまい」

明らかに腹を立てていた。そして今年は年の瀬になっても、畳の貼り替えもしないことを持ち出した。正月用の召し物の新調もしていない。

「わらわも、忍ぶところは忍んでおるぞ」

甲高《かんだか》い声になった。こうなると、話は通じない。

「いやいや、今が厳しいということでございます」

京がとりなしてくれた。

和が所蔵する絵は確かなもので、それなりの値にはなる。しかし老女の愉しみを藩政のために奪ってしまうことには、忸怩《じくじ》たる思いがあった。

三

翌日正紀は、佐名木を御座所に呼んで問いかけた。

「藩で、売れる品はないか。家宝であっても、仕方があるまい」

いざとなれば京の茶道具であろうと、和の軸物であろうと仕方がない。年の瀬になって、追い詰められた気持ちになっている。しかし京と和の品を手にかけるのは、最後にしたかった。

「売れる品は、すべて手放しております」

佐名木はあっさり返してきた。

「うむ。そうであった」

このやり取りは、菩提寺改築の折にもした。高岡藩には、すでに金に換えられる品はなくなっていた。できれば恒常的な実入りを、行列の費用に充てたいが今はそれもない。

そこへ井尻がやって来た。

「ただ今、滝川様より金子三両と銀五匁が届きました」

と告げた。

「滝川様だと」

佐名木と顔を見合わせた。三両と銀五匁という金高も腑に落ちない。

「芝二葉町の拝領町屋敷における店賃の、当家の取り分ということでございます」

「汐留川河岸の船問屋濱口屋分家からの店賃だな」

滝川と交わした高岡藩の取り分は年四十両で、年末払いだった。家賃の割り前が全額藩に入るのは、来年からだ。今年は、十二月の分だけだ。

「なるほど。催促はしていないが、向こうから送ってきたのは、滝川様らしい律儀さだな」

要求も厳しいが、己がなすべきことはきちんとする。

「ありがたいですが、これでは焼け石に水でございます」

井尻はため息を吐いた。そして直後、はっと何かを思いついた顔になった。わずかに躊躇いを見せたが、口に出した。

「来年分の四十両を、滝川様より拝借できないでしょうか」

思いもかけない話で驚いた。けれども言いたいことはよく分かった。もしそれができれば、金の件は解決することになる。

「しかしな」

滝川にとっての四十両は、動かせない額とは思われない。だからといって高岡藩が金を借りるのは、前にも考えたが口にできることではなかった。

そこへ睦群から、知らせが届いた。滝川が二日後に、小石川伝通院に代参でやって来るという内容だった。宗睦から会っておくようにと、告げられていた件だ。

町の大通りには、寒風が吹き過ぎた。寛政《かんせい》元年（一七八九）の大寒《だいかん》は六日からだから、寒い盛りだ。

それでも、行き来する人の姿は多かった。露店では歳末や正月の品を売り始めている。立ち止まって、品定めをする人の姿があった。その横を荷車が行き過ぎる。年の瀬の忙しなさが、町を覆っていた。

今年の節分は二十一日で、二十二日には立春を迎える。町を歩いているだけで、正紀はいろいろあった一年の終わりを感じた。

正紀は、源之助と植村を供にして小石川の伝通院へ赴いた。風で飛ばされた枯れ葉が、足にまとわりついた。

山門前に立つと、読経の声が響いてきた。その声が、伽藍を囲む杜《もり》に吸い込まれてゆく。

境内《けいだい》には、滝川が乗って来た駕籠と供の者の姿があった。寺の裏門近くには、これから供応へ連れ出すための御忍び駕籠が置かれている。世話をする高須藩の家臣の姿も見えた。

正紀は、庫裏《くり》の一室へ通された。この部屋には、赤々とした炭がふんだんに埋けられた火鉢が二つ置かれている。

高須藩の配慮だが、正紀のためではなかった。

読経が済んでしばらくすると、廊下を近づいて来る衣擦《きぬず》れの音が聞こえた。滝川と面談できる時間は、四半刻にも満たない。用件は、端的に伝えなくてはならない。

「お目にかかれ、恐悦に存じます」

挨拶の言葉を述べたところで頭を上げた。ここで初めて顔を見る。ふっくらとしているが、鼻筋の通った端整な面立ちで、勝気そうな眼差しが光っている。ただ前に会ったときよりも、どこか窶《やつ》れた気配を感じた。何か屈託がありそうだ。

けれども正紀は、それを口にはしない。何かを言われたら返答を考えるが、それはなかった。芝二葉町の拝領町屋敷の状況と、送られてきた三両と銀五匁の礼を述べた。

聞き終えた滝川だが、拝領町屋敷についてはもう関心が薄れている様子だった。思いがけない問いかけをしてきた。

「そなたの暮らしは、いかがか」

少しばかり驚いた。そのようなことを問われたことはなかった。何をどう話したらよいのか見当もつかない。しかし通り一遍の話では滝川は満足しないだろうと思った。

「はあ。当主のお国入りがあって、そのための金策であくせくしております」

隠しても仕方がないので話した。どうせ聞き流すだろう。しかしさらなる問いかけをしてきた。

「高岡は、印旛沼《いんばぬま》の先であったな」

「さようで」

思いがけない地名が出てきた。滝川の口から聞くとは意外だった。

「印旛沼の西に、萩原《はぎわら》村があるが、存じておろうか」

「いえ」

下総の北部に、印旛沼がある。高岡はその北東にあった。しかし領地ではないので、どのような村があるかまでは知らない。

「わらわの叔母で、多栄《たえ》という者が暮らしておる」

叔母は旗本有馬恒次郎《ありまつねじろう》のもとへ嫁ぎ、跡取りを生んだ。今の家禄は八百石だそうな。滝川の働きで、加増があっての今の家禄かもしれない。実父の妹という縁になる。

「跡取りは家禄を継いでな、叔母夫婦は有馬家の知行地がある萩原村へ移った」

のんびりと、晴耕雨読の暮らしをしていた。田舎暮らしは嫌ではなく、自ら望んだらしかった。しかし多栄は、治らぬ胃の腑の病に臥《ふ》した。

「医者の診立てでは、せいぜい三月《みつき》の余命であろうということじゃ」

顔を曇らせた。会った直後に感じた窶れの理由が、これで察せられた。

「叔母には娘がなく、わらわは可愛がってもらってな」

滝川は、昔を思い出す表情になった。正紀は、次の言葉を待つ。言いたいことがあるならば、きちんと聞くつもりだった。

「わらわは生母を、幼き頃に亡くした。そして継母《ままはは》や乳母には懐かなかった。わらわが幼かった頃は、まだ叔母は嫁いでおらず屋敷にいて慈《いつく》しんでくれた。叔母が傍にいれば、わらわは安堵《あんど》した」

けれども七歳のときに、多栄は有馬家に嫁《か》した。その頃には、滝川も状況を受け入れられるようになっていた。また多栄と縁が切れたわけではないから、行き来はしていた。

十歳の折に、滝川は風邪をこじらせた。高熱が続き明日をも知れない病状になったとき、多栄が見舞いに来た。そしてそのまま、枕元についていてくれた。

「目を覚ますと、いつも叔母がいた。笑顔を向けてくれた。わらわはそれで安堵した」

病はそれで、快癒《かいゆ》した。多栄は三日三晩傍にいた。滝川はそれを、後になって聞いた。

多栄を慕《した》う滝川だが、継母とは、表向きは何事もなく過ごした。ただ不仲は解消されなかった。

「継母は、わらわが気に入らぬ家へ嫁がせようとした。話をまとめたのは、十三のときじゃ。早く、追い出したかったのであろう」

「では、大奥へご奉公なさったのは」

「まあ、それもあるな」

滝川はため息を吐いた。

「では、叔母上様のお加減が案じられますな」

大奥に奉公するにあたっては、他にもそれなりの事情があったに違いない。しかし今は、そこに深入りをしてはいけないと感じた。言いたくなれば話すだろう。だから話を、もとに戻した。

「うむ。名医の診立てゆえ、長くはあるまい」

多栄の身を案じた滝川は、名医を萩原村へ行かせたそうな。

「叔母には娘がおらぬ。わらわがたった一人の娘じゃ。傍にいてやりたいが、それができぬ」

母を求める幼女のような、ものを思う顔を見るのは初めてだった。

「会いたいでしょうな」

と口に出してから、正紀は慌てた。

「うむ。ひと目でよい。会いたいぞ」

とんでもないことを口にしたと思ったが、滝川はあっさりと受け入れた。そして言葉を続けた。

「高岡藩のお国入りの道筋は、どのようなものか」

「は、成田街道を使いまする」

何を言いたいかは分からないが、隠すいわれはなかった。

「ならば萩原村は、酒々井宿までは同じじゃな」

その経路を頭に浮かべたらしかった。そしてまた、話題を変えた。

「高岡藩では、お国入りのための金子が足りぬと申したな」

「さようで」

「いかほどじゃ」

「四十両です」

何を言い出すのかといぶかったが、まずは答えた。

「ならば二葉町の拝領町屋敷の賃料の割り前と同じじゃな」

「そうなります」

ここで滝川は、表情を引き締めた。昔を思う目ではなくなった。わずかに躊躇う気配をうかがわせたが、腹を決めたように口を開いた。

「お国入りの行列に紛れて、わらわを江戸から出し、萩原村まで連れてゆくことはできぬか。無事に行って江戸へ連れ帰ることができるならば、一年分の四十両を前渡しにしてもよいぞ」

「ええっ」

腰が抜けるかと思うくらい魂消た。滝川は乱心したのではないかと思ったくらいだ。できる話ではない。出女は厳禁である。企みが露見した場合には、たとえ大奥御年寄であっても許されない。これまで精進して得た、すべての地位と権力を失う。それだけではない。手引きをした高岡藩も、重罪となる。

正紀の切腹だけでは済まず、下手をすれば改易だ。定信は、容赦のない断罪をしてくるだろう。

「お、お戯《たわむ》れを」

四十両を先払いで得られるのはありがたいが、危険が多すぎた。まるで夢物語のようだ。しかもそれは、とんでもない悪夢だ。

「いや、さようであった」

真顔だったが、一瞬の後には満面の笑みになった。そして続けた。

「座輿じゃ。気にすることはない。聞き流すがよい」

「ははっ」

ほっとした気持ちになった。

「だがな、座輿ではあっても口外は無用じゃ」

正紀は頷いた。ただ口止めされて、滝川に本気の部分があったのだと正紀は確信した。

「大胆なことを、考える人だ」

正紀は胸の内で呟いた。しかしそういうところが、今の地位を作るのに役立ったのかもしれなかった。滝川と会うと、いろいろと考えさせられる。

面談のときは、瞬く間に過ぎた。

四

ほっとしたような、力の抜けた気持ちで、正紀は伝通院を後にした。境内にいたのは半刻ばかりの間だが、ずいぶん長くいた気がした。

「どのような話をなさいましたので」

早速、源之助と植村が尋ねてきた。

「いや、たわいのない話であった」

二人は秘事を外でべらべら喋《しゃべ》る者ではないが、慎重を期した。万に一つも漏れてはまずい。伝えるつもりはなかった。

ただ屋敷へ帰ったとき、佐名木と京には話そうと思った。口が堅いということだけではない。正紀の胸に納めておくには、ちと重かった。

ありえない話だが、二人の意見を聞いてみたかった。

四十両を得る手立ては、今になってもない。年が明ければ、出立は間近になる。どれほど危険であっても、やれるものならばやりたいくらいの、はやる気持ちがどこかにあった。

滝川は座興で終わらせるつもりらしいが、萩原村に行きたい気持ちが強いことは、口ぶりからよく分かった。叔母と姪《めい》ではなく、母と娘という関わりだとすれば、滝川の心情はよく分かる。

屋敷に着いたところで、正紀はすぐに佐名木の部屋へ行った。

「そのようなことを、お話しになりましたか」

佐名木も仰天したような顔を見せた。

「まことの話で」

と念を押してきたのは、無理もなかった。

「あくまでも座興の話としてだが、どう考えるか」

「そうですな」

佐名木は腕組みをして考え込んだ。返答に困っているようだ。

「やるとすれば、策を練らねばなりますまい」

「それはそうだ」

「行列に紛れるにしても、供の者にも伝えられませぬな」

「うむ。男装をしたとしても、江戸から酒々井宿で別れるまでの間、女子《おなご》であることを気付かせぬようにするのは至難の業だ」

いざ実行するという立場で考えると、厄介なことばかりがありそうだ。

「知らせるのはごく一部の者だけにして、江戸へ戻るまで正紀様の付き添いがなくてはならぬでしょう」

またしても病で奥に引きこもる形にして、屋敷を出ることになる。藩主がお国入りをしているさなかに、世子が江戸を出るなど言語道断だ。これまでは表沙汰《おもてざた》にならなかったが、今後もそうだとは限らない。

途中には宿泊する本陣だけでなく、市川関所もある。具体的にやるとなれば、それなりに越えなければならない難題があった。

「しょせん、夢物語だな」

喉から手が出るほど欲しい四十両だが、どうにもならない。

「まったくで」

頷き合った。

話を聞いた京も驚いたが、正紀や佐名木ほどではなかった。

「無茶なお話ですから、できるとお思いではないでしょう」

とした上で、少しばかり考えるふうを見せてから続けた。

「ただ余命三月《みつき》と聞いて、会いたい気持ちが抑えがたいのかもしれません」

「うむ。実母を幼くして亡くしたというからな。滝川様にとっては、母親に勝る者なのであろう」

大奥の権力者であるだけでなく、表の政にも発言権のある人物だ。老中や御三家御三卿《さんきょう》の当主も気を使う。傲慢な態度や物腰で、気むずかし屋だと評されていた。

それが危険を冒し、一年分の家賃の割り前四十両を先渡ししても行きたいと口にした。

その部分では本気だったと受け取っている。芝居の『伊達娘恋緋鹿子《だてむすめこいのひがのこ》』を見て涙する姿を目にして仰天したが、今回はそれ以上だ。

「あれだけの権勢を誇る方が、そこまで思うのは解せぬ話だ」

これは正紀の素直な感想だ。

すると京は、さらりと言ってのけた。

「だからあなたさまは、女子の心が分からないと申し上げています」

とやられた。

「何がだ」

むっとして問い返した。

「権勢を誇る方だからこそ、ではないですか」

「何が言いたいのか」

今の話では、正紀には見当もつかない。

「大奥でも一、二のお立場になれば、日々さぞや気を張ってお過ごしでございましょう。御年寄にまで上り詰めるのには、並大抵のことではなかったと存じます」

「それはそうだ」

非情でしたたかな優れ者というだけでは済むまい。失ったものあきらめたことは、数え切れぬほどあっただろう。

「叔母の多栄さまが、お心の支えだったのでございましょう」

「うむ。そうであろう」

「大奥で一生奉公をする者は、すべてそれなりの身分と知識、気迫を持ってお過ごしになるものと存じます」

周り中が競争相手だ。僻《ひが》みや嫉《そね》み、意地の張り合いもあるに違いない。

「強いお心をお持ちの滝川さまでも、お寂しいと感じたこと、めげそうになったことが一度もなかったわけではありますまい」

「叔母ごを思うことで、心の揺れを抑えてきたわけだな」

「はい。継母とは不仲だったよし。叔母ごを母以上と考えているならば、最期の別れをしたいと願うのは当然でございましょう」

正紀は、政に関わる公の場では、滝川とは会っていない。芝居見物や昼食、拝領町屋敷といった私の部分での関わりをしてきた。そういう意味では、私情を出しやすい相手だったのかもしれない。しかもお国入りの行列が、叔母の住まいの近くを通る。

「もしもう一度頼まれたら、どうなさるのですか」

「どうかな」

考えてみても、答えは出ない。

「滝川様も、無理は承知のことだ。やはり座興であろう」

正紀にしても、藩を改易に導くような危険なまねはしたくなかった。

五

四十両が絡む滝川の話は高岡藩の中で立ち消えになったが、金策もつかないまま二十二日の立春を迎えた。正紀や高岡藩の主だった者たちは、春の到来を喜ぶ気持ちにはならない。

雪こそ降らないが、毎朝霜柱が立ってそのあと道がぬかるむ。寒風が吹き過ぎて行く。彼方に見える富士のお山は、冠雪《かんせつ》して眩《まぶ》しい。暦はともかく、春はまだ遠かった。

正国からは止められていたが、井上家の本家浜松藩上屋敷にも正紀は恥を忍んで足を運んだ。

「当家を頼るのは、筋が違おう」

冷ややかに追い返された。

正月を間近にした江戸の町は、人の出が多くなっている。露店が並んで、片木盆《へぎぼん》、三方《さんぽう》、鏡餅の台、門松、縄などといったものから暦、羽子板、つく羽根《ばね》などが売られていた。

買ってもらった羽子板を、大事そうに抱えて歩く七、八歳の娘の姿が愛らしい。父親を見上げ、話しかける笑顔がよかった。孝姫ももうじきあの年頃になると考えると、少し胸が躍った。

しかし藩邸へ戻ると、金の悩みが正紀を襲ってきた。依頼していた武具と馬具の修理ができ、すべての品が納品されてきた。それは良かったが、井尻が極めつけに渋い顔で代金を請求する書類を持ってきた。

「修理箇所が、思いのほか多ございました。覚悟はしておりましたが、これほどとは」

正紀と佐名木に、その書類を見せた。三十両程度を見込んでいたが、四十両を超していた。これではせっかく安く上げた雇い賃の差額だけでは補えない。

「滝川様からいただいた三両ほどは、やはり焼け石に水でございました」

「ううむ」

三両で少しは凌げると思ったが、それどころではなかった。

「正月の支度も、できる限り切り詰めておりますが、これ以上はとても」

畳替えはもちろん衣服新調もなく、和には恨まれている。薪炭の使用も、厳しく制限されたままだ。絵画や茶器を売る話が、切実になってきた。

「これが大名家の暮らしか」

と嘆《なげ》きたくなるほどだ。

「再度具申《ぐしん》いたします。芝二葉町の拝領町屋敷の家賃について、来年分の四十両を先渡し願えないでしょうか」

苦肉の策といった顔で、井尻が切り出した。考えられる入金の当てを、井尻なりに洗い直したのだろう。

正紀と佐名木は顔を見合わせた。頭に浮かぶのは、萩原村へ滝川を連れ出すことだが、現実的な話ではなかった。

源之助は、麴町《こうじまち》裏二番町にある戸賀崎《とがざき》道場で神道無念流の剣術を学んでいる。ここでは正紀も学んで、免許を得た。

「はて」

朝の稽古を終えて藩邸近くまで戻ってきた源之助は、思いがけない光景を目にした。外出帰りらしい初老の中間小助《こすけ》が、深編笠の侍に声掛けをされたところだった。すぐに侍は小助に小銭を握らせた。

二人は源之助に気付かないようだ。

侍は、何か問いかけ始めた。離れているから、話し声は聞こえない。

少しばかりやり取りをしたところで、潜り戸から藩士が一人出てきた。そこで深編笠の侍は、小助の傍から離れた。

そのまま屋敷前から、歩き去ってゆく。源之助は、後をつけることにした。

南に向かって歩き、神田《かんだ》川を越えた。無駄のない足の運びで、それなりの剣の修行をした者だと感じた。

侍は立ち止まることもなく歩いて、日本橋川も江戸橋で渡った。そのまま歩いて、築地界隈に出た。壮麗な西本願寺《にしほんがんじ》の伽藍に顔を向けたが、そのまま通り過ぎた。潮のにおいが濃くなっている。

深編笠の侍が辿り着いた場所は、築地の白河藩下屋敷だった。

門番所で声掛けをするとき、深編笠を取った。顔が見えた。年の頃は二十歳《はたち》前後、顔や体つきは切腹した須黒啓之助とよく似ていた。

「あれが弟の禎之助だな」

と判断したが、念を入れておくことにした。一刻（二時間）近く待って、若党が出てきた。どこかへ出かけるらしい。若党が少し歩いたところで源之助は声をかけた。

「先ほど須黒禎之助殿を訪ねたが、留守であった。もうお戻りであろうか」

「それならば、一刻近く前に戻って来た」

これで高岡藩邸に探りを入れていた侍が、禎之助だとはっきりした。

高岡藩上屋敷へ戻った源之助は、中間の小助を呼び出した。

「先ほど深編笠の侍から、何を問いかけられたのか」

「へえ」

畏れ入った様子で頷いた。叱られると思ったのかもしれない。きちんと話せばそれでよいと伝えた。

「ええと、お国入りの日にちと人数、道中の宿泊場所などです」

小助はそのまま答えたらしかった。中間でも知っていることだから、秘事というほどのものではない。

日にちや旅程、宿泊場所などはお上に届けている。したがって調べようとすればできるはずだが、河鍋は無役だから容易くはできない。それで禎之助が中間に銭を与えて聞き出そうとしたのだと察せられた。

源之助はすぐに正紀に伝えた。

「やはり、何か企んでいるな」

源之助から話を聞いた正紀は呟いた。それもお国入りに関してらしい。

「何ができるか」

と考えてみた。恨みがあって意趣返ししたいのは分かるが、わずか数人では何もできない。無役とはいえ河鍋は白河藩士だから、下手なことをして捕らえられれば、藩に迷惑をかける。

定信は激怒し、今度は河鍋が腹を切ることになるだろう。

河鍋が執念深い策士であるのは間違いない。こちらを調べるだけで何もできないと、高を括っていいのか。気になるところだった。

「金がなくて困っている。そのさまを見て、溜飲《りゅういん》を下げているのか」

それならばかまわない。こちらは痛くも痒《かゆ》くもない。ただ不気味な動きではあった。

六

年が明けて、寛政二年（一七九〇）となった。

未明、正国と正紀は、和と京と共に仏間で経を上げ、新年を祝い井上家の千年の栄を祈願した。その後まだ朝日が出ないうちに、家臣からの挨拶を受け屠蘇《とそ》を振る舞うのが恒例だ。

お城では、年頭の御祝儀が行われる。年始の初登城である。

正国も元日に、大紋の装束で登城をした。

元日の登城参賀は、御三家御三卿、親藩や譜代大名、前田《まえだ》や藤堂《とうどう》などの特別待遇の外様大名となる。二日が国持ち大名以下、三日が無位無官の者や、井伊《いい》、榊原《さかきばら》、奥《おく》平《だいら》の家老、江戸の町年寄らの参賀が許された。

登城者は官位や格式により、御座の間、白書院《しろしょいん》、大広間にて将軍に拝謁《はいえつ》し祝詞《しゅくし》を言上する。後に祝儀の酒と吉例の兎の吸い物が振る舞われ、呉服《ごふく》の下賜《かし》があった。城内も、各御門の周辺も、華やかな空気に包まれる。江戸城内外三十六の見附《みつけ》御門には、松飾りが掛けられていた。新しい年の到来は、上下の区別なく、気持ちを改めさせた。

正紀は、正国の下城を待って、共に浜町《はまちょう》河岸の本家浜松藩井上家や市ケ谷《いちがや》の尾張藩徳川家へ参賀に廻った。尾張屋敷には一門はもちろん、それ以外の大名旗本が顔を見せた。

顔合わせは大切だ。正紀は、正国が引き合わせる大名や旗本に挨拶をした。

高岡藩上屋敷に近い下谷広小路には、晴れ着姿の多数の人が繰り出している。屋台店や大道芸人が呼び声を上げていた。獅子舞が泣く赤子の頭を嚙み、鉦《かね》や太鼓《たいこ》の音と共に歓声が湧いた。

どの顔も楽し気だ。空には、何本もの凧《たこ》が揚がっている。奴凧《やっこだこ》や鳶凧《とんびだこ》、三番叟《さんばそう》といったものだ。

しかし高岡藩井上家の正月は、質素なものだった。大晦日《おおみそか》には、世子の正紀他若い藩士が餅を搗《つ》くのが恒例だ。しかし今年は、搗いた量が少なかった。藩士に配られる分も、当然少なかった。

正紀が屋敷に戻る頃、屋敷内は外と比べてずいぶんしんとしていた。昨年、正国が奏者番だったときは、訪問者も多かった。年賀の進物も少なからずあったが、今年は激減した。というより、ほとんどなかった。

明るく闊達《かったつ》としているのは、孝姫くらいのものである。嬉しいときには声を上げて笑ったり、気に入らないときは物を投げたり大きな声で泣く。日に日に歩みが、しっかりしてきた。転んで泣く声も、しっかりしている。

屋敷廻りを済ませた正紀は、佐名木の部屋へ行って、各家の正月のさまを伝えた。現れた大名旗本が誰かと検めるのは、諸侯の動きを知る上で大事なことだ。

そこへ井尻が、浮かない顔をしてやって来た。近頃では、貧乏神に見える。

「和様の絵画と、京様の茶器を売っていただきたく存じます」

正月早々、まことに恐縮ながらとした上で、神妙な口調で言った。目立った進物もなかった。あれば献残屋《けんざんや》に売って金に換えるのだが、今年はそれもできない。支払わなければならない金子もあって、ゆとりがないのは明らかだ。日々金子を扱う井尻にしたら、さぞかし辛いところだろう。

「年が明けて、いよいよ出立の日が迫ってきたからな」

焦る気持ちがあるのは、井尻だけではない。

「間近になっては、足元を見られます。手放すならば、ぎりぎりでございます」

と告げられると、頷かざるを得なかった。和や京が宝物としている品を、買い叩かれるのは忍びない。売る以上は、適正な値で手放したかった。

しかしすべてを売っても、四十両になるかどうかは分からない。当たってみるしかなかった。

正紀は、正国のところへ行った。井尻とした書画や茶器を売る話を伝えた。正国が決断すべきことだし、和には正国の口から伝えてほしいと思った。

「うむ、そうか。致し方あるまい」

正国も状況は分かっているから、反対はしなかった。反対すれば、「ではどういたしましょう」という話になる。

「では、その方が伝えよ。わしは、出かけなければならぬ用がある」

そそくさと、部屋を出てしまった。

「おのれっ」

こういうときには、正国は姿を消してしまう。前に和の掛け軸を手放したときもそうだった。

「いつも、損な役目ばかり回ってくるぞ」

ぼやきになった。

同じ言いにくいにしても、まずは話の通じる京のところへ行くことにした。

「分かりました。早晩、こういう話になると思っていました」

さばさばしていた。すでに品の目録を拵えていた。

「まずは私の品から、値をつけてもらいましょう」

和の品は後に、という配慮だ。

「では、母上のもとへ参りましょう。あなたさまでは、落とせぬかもしれませぬ」

はっきりと言われたが、図星《ずぼし》だった。

「そうしてもらおう」

こうなると思っていた。京に頼る気持ちが、初めからあった。自分も狡《ずる》いと思った。

「正月早々、嫌な話じゃな」

話を聞いた和は、予想通り顔を顰めた。

「まことに、申し訳なく」

全身から汗が噴き出した。自分が、ひどく冷酷なことをしているように正紀は感じた。

「一度手放したならば、もう二度と戻ってこぬであろう」

寂しげでもあった。

「ご無念は、よく分かりまする。お命よりも大事な品でございますから」

「まったくじゃ」

和は京の言葉を否定しない。和も薄々は、状況を察していたのかもしれなかった。

「情けないことじゃ」

ともあれ承諾をした。

話を聞いた井尻は、早速、絵画や茶器を扱う商人に段取りをつけた。一人ではなく、複数呼んで、高値をつけた者に売る。

三日後、睦群から正紀のもとに、文が届いた。松の取れた十日に、滝川が芝増上《ぞうじょう》寺に代参に来るという話だった。正紀に会いたいと告げてきているという。

「あの話か」

　と思ったが、そうとは限らない。ともあれ出向くことにした。

　増上寺の庫裏の一室で、読経の声を耳にしながら、滝川が現れるのを待った。頭の中では、金子のことが渦巻いている。

　和の絵画も、京の茶器も、望んだような値はつかなかった。高値をつけられた品もあったが、驚くような安値をつけられた品もあった。

「無礼な話じゃ。頭が痛い」

　値を聞いた和は、寝込んでしまった。

　合わせても四十両に足りない。まだ話を決められなかった。

　気が付くといつの間にか読経の声は消え、廊下から衣擦れの音が聞こえた。

「よく来てくれた」

　挨拶の口上を述べると、滝川はまずそう言った。いつもと変わらない表情に見えた。

「つつがなくお過ごしのようで」

　と口にしたら、表情が変わった。険しいが、弱々しくも感じられるものだった。

「そうでもないぞ」

「ははっ」

「萩原村から、急ぎの文があった」

声を潜めていた。傍に寄れと告げられて、膝を進めた。

「叔母上の容態が、目を離せなくなったそうな」

「それは」

どきりとした。こういうことが、いつかあるとどこかで予想していた。

「わらわは、ひと目会いたいと思う」

決意の表情だった。

きりりとした眼差しを、正紀に向けた。正紀が返事できないでいると続けた。

「そこでじゃ。そなたわらわを無事に萩原村へ届け、定められた期日の間に、江戸まで戻すことができるか」

このことは、前に座興として聞いた以降、何度か考えた。正国のお国入りに絡めれば、できないことはないという腹はあった。

「お城を何日もの間、出られるのでしょうか」

「明日をも知れぬ親の病ならな、五日は出られるであろう。それ以上は、諸事があってできぬ」

しかし多栄は、母ではない。実父と継母はいるが、どちらも病だとは聞いていなかった。

正紀の疑問を察したらしい滝川が言い足した。

「実父を、明日をも知れぬ病とする。後に、治ったとすればよかろう。隠居の身ゆえ、出仕の務めはない」

「なるほど。しかしご法度の出女は、極めて念入りな調べが行われます」

「分かっておる。出られるとしたら、正国どののお国入りの行列に紛れ込むしかあるまい」

滝川も、正紀と同じことを思ったようだ。

「しかし当家のお国入りは、二月十三日の出立でございます。いささか間がありまする」

「うむ。それでよい。もしその前に何かあったら、そのときはあきらめよう。しかし存命であったら、参りたい」

滝川なりに、熟慮した上での言葉だと察した。一月《ひとつき》多栄の命が持ってほしいという願いもあるのだろう。

「お国入りの行列が出立するのは、十三日の未明七つでございます。それに加わるならば、前日の十二日中に、高岡藩邸へお入りいただかなくてはなりませぬ」

「大丈夫だ」

「江戸から酒々井宿まで行列と共に進み、その後は、それがしと口の堅い者数名がお供をいたします」

「そなたが来てくれるならば、心強いぞ」

萩原村に着くのは、十四日の夕刻あたりか。一夜を過ごしてもらって、翌未明にはかの地を出立することになる。十六日の暮れ六つ（午後六時）までには、城へ戻る。出女の調べは厳しいが、江戸に入る分には調べは簡単だ。

「頼めるのは、その方しかいない」

お国入りは、唯一の好機である。しかも出向く方向が同じだった。寿命のあるぎりぎりの日にちでもありそうだ。

「お父上様は、ご承知のことで」

引き受けるとなれば、こちらも高岡藩の存亡をかける。段取りに少しの落ち度もあってはならない。

「そなたが受けると申すならば、話す。駄目とは言うまい。父はわらわの願いが分かっているだけでなく、借りもある」

滝川のお陰で、加増があったということか。弟も、よいお役に就いている。

「この我が儘《わがまま》は、一生に一度のものじゃ」

問題は、むしろ高岡藩の方にありそうだ。正国はじめ幾人かの力添えがなければ、事は成し遂げられない。またどのような手立てで進めるか、検討が必要だ。万に一つも、しくじることは許されない。

「もし受けるというならば、明日にも四十両を藩邸に届けさせよう」

滝川の腹は決まっている。仮に多栄の身に変事があって出向く理由がなくなっても、金子の返却は無用だと付け足した。

「叔母に別れを告げられたなら、わらわは悔いはない」

情はあるが、強い女だと改めて思った。また京が口にした滝川の孤独ということも頭をよぎった。

金銭だけの問題ではない。大奥に一生をかけた女の最初で最後の私事の願いなのだと踏まえたら、受け入れなくてはならないと思った。重大事を、自分に託してきていることも胸に染みた。

「叔母上様との面会を果たし、無事に江戸へお戻しいたします」

正紀は言った。正国を説き伏せるのは厄介だろう。しかし京や佐名木ならば、正紀の気持ちが分かる。

大奥御年寄の不正な出女を、大名家が企てる。前代未聞の話だった。

第三章　漏れた企み

一

　昂《たかぶ》った気持ちを鎮めながら、正紀は下谷広小路の高岡藩上屋敷へ戻った。途中の景色は、目に入らなかった。

「何がありましたので」

「後で話す」

　供をしていた源之助と植村は不審に思ったようだが、正紀の様子が尋常でないと察したのか、それ以上の問いかけはしてこなかった。

　自分の御座所へ入ると、すぐに佐名木と井尻を呼んだ。人払いをした上で、滝川との密談の内容を伝えた。

「滝川様のお召しということですから、この話だろうとは思っていました」

佐名木には慌てた様子はなかった。確かめ合ったことはないが、正紀の返事も予想をしていたのだろう。

「いかにも、大胆なお方ですな。揺るぎない決意をお持ちのようだ。何であれ、お受けする以上はしくじりがあってはなりますまい」

覚悟はできている様子だった。滝川の心情にも、思いをはせたのかもしれない。正紀の独断を責めなかった。

「そ、そのようなことが……。正気の沙汰ではありませぬ」

小心者の井尻は、怯えた顔をした。震えたのは、寒さのせいではない。何度も首を横に振った。

「しかし四十両は、明日にも届くぞ」

「ううう」

正紀の言葉を聞いて、呻き声になった。

京の茶器と和の絵画をすべて売り払っても、四十両にはならないと骨董商《こっとうしょう》から告げられた。最後の手立ても断たれたと感じたらしく、昨日今日は塞《ふさ》いでいた。

「やりおおせるのでしょうか」

「やりおおすしかあるまい」

井尻は、滝川の心情には関心がない。金が欲しいだけだから、うまくいくかどうか
そこが気がかりなようだ。

「この機を逃しては、もう四十両を手に入れる道はあるまい」

「さようではありますが。ご法度のことで」

律儀な井尻は、それも気になるようだ。

「しかし誰かを困らせる話ではないぞ。一人の女の願いを叶えてやるだけだ。それが悪いか」

屁理屈だとは分かっているが、それで気持ちを整理するしかなかった。井尻は、反対しきれなかった。

その上で、正国に伝えた。

「勝手なことを、請け負いおって」

怒りと呆れの混じった顔だった。

「高岡藩を、潰す気か」

と続けた。しかし正紀は怯まない。もう進むしかないと思っていた。

「潰さぬための、手立てでございます」

四十両と、滝川と叔母多栄のこれまでの状況、病状の詳細も話した。

「ううむ」

滝川の心情は置いても、四十両が欲しいのは同じだ。しかし、正国は幕閣にいたわけだから、『入り鉄砲に出女』がどれほど厳しいか分かっている。

出女は、江戸の屋敷に人質として置かれた大名家の妻女が領国へ逃げることを阻止する目的で行われた。けれども今は大名家の妻女だけでなく、武家町人の区別なく江戸を出ることが厳しく制限されていた。

女が江戸を出るためには、江戸城留守居《るすい》役が発行する女手形を持っていなくてはならない。それには旅の目的や行き先、年齢や人相、素性なども記されている。通過する関所では提示をして、記されている印が留守居役の本物の印かどうか検められる。

その上で問い質しを受けねばならなかった。不審な点があれば、通過できないだけでなく捕らえられることもあった。

手形のない通行が明らかになれば、関所破りを図ったことになる。本人だけでなく手引《てび》きした者も重罪だ。

「実の親であれば、ご府内でなくとも滝川殿のお力ならば、手形を得て江戸を出ることはできるであろう。しかし叔母では、そうはなるまい」

滝川の両親は、江戸の屋敷にいることになっている。今さら遠隔地にいるとは言えない。規則は、厳格に守られる。たとえ滝川であっても、曲げることはできなかった。

他に手立てがないから、滝川は正紀に話を持ち込んできたのである。

「一存で請け負ったのは軽率だが、断りにくいということはあったであろう。金のこともあるゆえな」

正国は、呟いた。聞いた直後の興奮は収まっていた。

藩が置かれている苦しい状況は、分かっている。ただ受け入れがたい気持ちがあるのは確かだろう。久しぶりのお国入りだ。すでに数々の我慢をしてきた。

その心中は察するが、もうひと踏ん張りしてもらわなくてはならない。

「この度のお国入りは、当家の難事でございます。しかしこれを乗り越えれば、栄える道も拓《ひら》けようと存じまする」

迷う背中を押した。

「仕方がない。しかしな、宗睦様には、事前に伝えよ。それがわしの、話に乗る条件だ」

極秘とはいえ、宗睦や睦群の耳には入れておかなくてはなるまい。

京にも、引き受けたことを伝えた。

「こうなると、思っていました。あなたさまは、滝川さまの願いを叶えてさしあげたかったのでございましょう」

「そうかもしれぬな」

気持ちの底を、見透かされた気がした。不快ではなかった。

四十両を得ることや藩のためだけではない。けれどもそれは、正紀の滝川への気持ちを、京は認めているると感じた。

「万全の手立てを、調えなさいまし」

上からの口調で言った。

翌日滝川から藩邸へ、四十両が送られてきた。受け取った井尻は、半泣きの顔になった。

二日後、正紀は宗睦との面会が叶うことになった。尾張藩上屋敷へ向かうのは気が重いが、行かないわけにはいかない。

宗睦と会う前に、睦群と二人だけで話をした。滝川と交わした約定《やくじょう》についても、すべて伝えた。

「その方、気は確かか」

聞き終えた睦群は、色をなした。とんでもないという顔だ。

「いえ、熟慮の上でございまして」

「たわけたことを申すな。そんな話をするために、殿に会いに来たのか」

「お耳には、入れておかなくてはなりますまい」

「許されると思うか」

「思いませぬ」

これは話す前から分かっていた。

「今から、断ってまいれ」

「すでに金子を、受け取っております」

「他からは、得られぬのか」

「兄上も、お貸しくださいませんでした」

どこかに、恨みがましい気持ちがあった。

睦群は、ため息を吐いた。怒りよりも、呆れたという顔だ。高岡藩の困窮ぶりは、承知のことである。

「どうなろうとも、知らぬぞ」

それから、宗睦と対面をした。話を聞いた宗睦も驚いた様子だったが、睦群とは反応が違った。

「滝川殿も、よほど思案をなされたのであろうが」

嘆息した。そして再び口を開いた。叱責かと思ったが、そうではなかった。

「あのご仁は、勝算のない真似はなさらぬ。その方ならば、成し遂げるであろうと固く信じたからであろう。その方は、信頼があるようだ。それは良いのだが」

「ははっ」

「あの方は強い、固い意志をもってことに臨む。だからこそ、大奥で今の地位を得られた」

「まことに」

これは納得がゆく。

にわかに宗睦の表情が厳しくなった。

「このような大事を、その方が一存で引き受けたのはけしからぬことだ」

「…………」

もとより正紀は、どのような叱責でも黙って受けるつもりだった。

「もしならぬとわしが告げたら、どうするつもりであったのか」

この問いかけは、宗睦と会うにあたって予想をしていた。答えは決まっていた。

「滝川様の願いと信頼を裏切ることになります。腹を切る覚悟でございます」

しくじっても、腹を切る。受けなければ、お国入りはできない。藩と己が生き延びる道は、成功させるしかなかった。

正紀は腹に力を込めて宗睦を見返した。

「分かった。やるがよい」

宗睦は厳しい表情のまま頷いた。そのまま続けた。

「しかしな、尾張藩も今尾藩も知らぬ話である。しくじっても、手を差し伸べることはないぞ」

「ははっ」

正紀は頭を下げた。宗睦は許したのではない。見過ごすと告げただけだ。しかしこれで、滝川を江戸から出す企みは、実行に移す段階に入った。

尾張藩上屋敷を出ると、汗が噴き出した。とんでもないことをしようとしている実感があった。

二

高岡藩上屋敷に戻った正紀は、まず正国に会い宗睦や睦群と話した内容を伝えた。話を聞いた正国は、一つ頷いた後で答えた。

「あい分かった。話を進めよう」

正国には先を見る目があるから、気持ちの奥ではやってもいいという考えがあったのかもしれない。

「うまくいけば、当家と滝川殿との繋がりは盤石になるぞ」

政局を踏まえた言葉だ。引き受ける意味合いが正紀とは違う。しかし今は、そこはどうでもよかった。

正紀は佐名木や井尻だけでなく、目付役の河島、宿割の青山と配下の堀内、そして川割の本間、さらに滝川の世話をすることになる源之助と植村を一室に集めた。

「お国入りに関して、必要な金子は調った。しかしなさねばならぬことができた。それは誰かが気を張って、一人でできることではない。一同が、思いを一つにしてやらねばならぬことだ」

正紀は訴えた。命令だけでやらせるつもりはなかった。それでは令を発してそれで事足りると考える定信と同じだ。必ずひずみが、どこかに現れる。

「何を、いたすので」

青山が問いかけてきた。これまでも藩と正紀のために尽くしてきたが、まだ何も話していなかった。

「それは大奥の貴人を、江戸からお出しすることだ。しかも女手形なしにだ」

どよめきが起こった。

受け取る四十両のことも含めて、正紀が詳細を伝えると、一同から驚きと興奮が伝わってきた。

藩に金がないのは誰もが分かっていたから、不満な顔をする者はいない。ただ唐突な話である上に、大それたご法度破りでもあるので、困惑を顔に浮かべた者もいた。

「やれるのでござろうか」

河島が言った。行列を取り仕切る、目付としての不安だ。話をいきなり聞けば、驚きもするだろう。

「綿密な策を練らねばなるまい」

正紀は答えた。露見すれば、藩はただでは済まないことを伝えた。まずはここにいる者たちを得心させなければ、事は進まない。

「金子は受け取ってしまった。何であれ、やるしかあるまい」

小心で普段は慎重な井尻が口にすると、集まった者は神妙な顔になって頷いた。一同は滝川のためではなく、高岡藩のために力を尽くす。

そこで正紀は、具体的な話を伝えてゆく。

「一番の問題は、貴人を江戸からお出しすることだ。酒々井宿までは、行列に交じって進む。その後は、おれと源之助、植村と堀内がお守りする」

「……………」

「酒々井宿から先の正国様の行列は、何事もなかったように進む。江戸入りは、出ることと比べれば、はるかに容易だ」

他の経路はあり得ない。

「藩の行列に、貴人を隠すわけですね」

源之助が言った。源之助は貴人が誰かは、気が付いているはずだった。しかしあえて、名を口にしなかった。その名が漏れることは、高岡藩の存亡にもかかわる。河島や堀内は知らないはずだが、尋ねてはこなかった。

「問題は、ご府内での行列と市川関所、御休息の宿、お泊まりになる大和田宿となりましょう」

先導役の青山が言った。

「いかにも。また男装をしていただいても、行列で歩けば、間を置かず気付く者が現れます」

河島が続けた。

「御忍び駕籠に乗っていただいて、行列の本隊に加わっていただきましょう。重役が、病になったという形です」

「それしかありませぬが、難しいこともありまするぞ」

源之助の言葉に、堀内は返し、そのまま続けた。

「市川関所や休息をする宿場、および大和田宿の本陣では、駕籠に乗る殿もお顔を見せることになりまする。当然に重役の乗る御忍び駕籠の戸も、開けなければなりませぬ」

「まさしくそうだな」

「女子が乗っていたら、間違いなく分かりまする」

これで座がしんとなった。少し首を傾げていた青山が口を開いた。

「関所の番人の役目は、行列の通行を明らかにし、殿のお顔を検めることでござる。

供駕籠は軽く見るだけですので、男装であれば通り抜けられるのでは」

「あれこれ言われたら、どうするのか」

心配性の井尻が訊いた。

「そうはならぬように、殿や河島様から、番人に声掛けなどしていただきたく存じます」

臨機応変にやるということだ。おおむね行列の駕籠の中を番人が近寄って検めることはないと、青山は言った。行列の経験がある河島も頷いた。

「ただ御休息では、宿を使えませぬ」

宿の者が近づけば、男装であることはすぐにばれてしまう。また大和田宿でも、新たな部屋が入用だと河島は付け足した。

「貴人の部屋となれば、どこの部屋でもというわけにはいかぬであろう」

これは佐名木の言葉だ。

その他にも、気が付いたことを確認し合った。

翌朝、青山は堀内を伴って藩邸を出た。行列の宿泊地となる大和田宿へ向かったのである。

滝川と、急遽《きゆうきよ》供をすることになった正紀や源之助らの宿を確保しなくてはならなかった。その部屋は警固がしやすく、人に気付かれず寝泊まりができるものでなくてはならない。

また、萩原村への道筋の下調べを行っておかなければという話も出たが、万が一後をつける者があれば露見する虞《おそれ》が強くなるとの意見もあり、あえて行わないということになった。

二人は足早に道を進んだ。田植え前の、地べたがのぞく田の道だ。いかにも寒々しい。百姓の家では、大根を吊るして干していた。

彼方に、雪を被った筑波《つくば》山が見えた。

途中市川関所では、番人の配置や取り調べの様子に注意をした。供侍を連れた武家の妻女が調べを受けていた。女手形を提示していても、それですぐに通行ができるわけではなかった。

「念入りにやっているな。ここが一番の難所になりそうだ」

「まったく」

「大名行列として切り抜けるしかないが、何かあったら対処できなくなるかもしれぬぞ」

重い気分になった。

さらに街道を進む。

「何か、気になりますな」

昼食をとる八幡宿を過ぎたところで、堀内が言った。

「つけられている気配があるのか」

青山もすでに気になっていた。宿割で出向いた折にも、不審な気配を感じていた。

「誰ぞに見られていると感じたことがあります。そこで折々気にして後ろに目をやりましたが、怪しげな者はおりませぬ」

「よりいっそう気をつけるしかあるまい」

そして大和田宿に着いた。本陣である井桁屋の敷居を跨いだ。

「なるほど。新たにご重役様が行列に加わられるわけですね」

「うむ。ただその方は病がちでな。静かな、人の近寄りにくい部屋がよい」

青山は、対応した主人に申し付けた。

「離れ家がございます。そちらでいかがでございましょうか」

そう言われて、建物を見に行った。

位置としては、母屋の裏手になる。竹林に囲まれていて、古いがそれなりに趣《おもむき》があった。先々代の主人が隠居所として建てたとか。二間続きの部屋があって、造りも悪くない。欄間《らんま》も床柱も凝っていた。

雪隠も、母屋とは別だ。供の者が使う部屋もあった。不審な者を忍び込ませぬように、どのような警固をすればよいかも考えた。

大和田宿には、もう一軒本陣がある。場合によってはそちらを使うことも考えたが、使わなくて済んだ。

「離れ家は、旅の者に使わせてはならぬ」

この宿場は、成田詣での者が利用する。宿泊する者も多いから、繁華な宿場だ。だから青山は念を押した。もちろん、重役が誰かなどは伝えない。

離れ家を中心にして、関札を立てる場所を変更した。

旅籠内では、貴人の話題は一切しなかった。泊まっている者は少なくない。誰に聞かれるか分からない。

一日中歩き通して、気を使った。湯に浸かると、疲れが取れてゆくのが分かった。

他にも、湯船には人がいる。

「それにしても、女子の旅は」

気持ちが緩んだのかもしれない。堀内が口にしたところで、青山は慌てて黙らせた。

風呂場の中を見回す。侍もいたが、不審な気配はなかった。数人がのんびり湯に浸かっているだけだ。

一夜明けて、青山と堀内は江戸へ向かった。道中背後に気を配ったが、怪しいと感じる者はいなかった。何者かに見られていると感じることもないまま、江戸に着いた。

三

須黒禎之助は、下谷広小路の高岡藩上屋敷が見えるあたりで、人の出入りに目をやっていた。松も取れて、屋敷に隣接する上野新黒門町《うえのしんくろもんちょう》界隈には正月気分はない。常の暮らしに戻っている。

風はまだ冷たいが、どこからか梅の香が漂ってきた。早春の朝の日差しが、上野の山を照らしている。

禎之助は、兄の啓之助が腹を切った直後、河鍋に呼ばれて江戸へ出てきた。それまでは国許白河の河鍋屋敷で暮らしていた。

兄は、主家を守るために腹を切った。

「啓之助の命を懸けた忠義を、わしは忘れぬ。弟のその方を盛り立て、白河藩士として禄を得られるよう力を尽くすつもりだ」

「ははっ」

兄を失った悲しみは大きかったが、河鍋の言葉は温かく感じた。

「高岡藩と世子の正紀は、私欲のために、その方の兄を追い詰めた。わしも無役となったが、必ず元の役に戻ってみせる。その方の力を貸せ」

「かしこまりました。兄の無念を晴らします」

河鍋が権勢を誇っていたときの姿を見ているから、禎之助は己の栄達のためにも、力になりたいと考えた。兄の仇と聞かされた高岡藩と世子の正紀には、怒りと恨みが芽生えた。

兄は河鍋を白河藩の家老に押し上げることで、自分を藩士に取り立ててくれるようにと企てていた。兄の仇を討ちたい。

河鍋は無役になっても、高岡藩や正紀の不正を暴き、名門を笠に横暴な真似をする尾張徳川家一門にも、一泡吹かせたいと考えている。それを復権の契機にしたいという考えだ。

「そのためには、高岡藩や正紀の落ち度をできる限り探して、そこを攻めなければならぬ」

と告げられて、おりにつけて屋敷の様子をうかがいに来ていた。主は無役だし、訪ねて来る者もいないので、禎之助も用事に追われることはなかった。下屋敷に移されたから、何をしようと人目にもつかない。

早朝から来ているときもあるし、夕方だけのこともある。町家に接しているので、怪しまれずに見張れるのが幸いだった。

世子正紀と配下の巨漢植村、源之助、青山らの顔は、脳裏に焼き付けた。出入りの場を目にして、辻番の番人に確かめた。

役を奪われ減封にもなって、河鍋は藩内で軽く見られるようになった。ご機嫌取りに来ていた者も、手のひらを返すような態度を取った。河鍋の様子を見ていると、日が経っても、気持ちが癒《い》えるふうには見えなかった。

河鍋の怒りの矛先《ほこさき》は、高岡藩一点に注がれていた。調べのためにと、禎之助は河鍋から金子も余分に渡されていた。

「いよいよ、お国入りも迫ってきたぞ」

河鍋から言われるまでもなく、禎之助も分かっていた。奴らの動きが慌ただしい。

「あの藩は、金がない。だから滝川の拝領町屋敷から家賃を得られるように図った。しかしその金はまだ入らぬはずだ。金のために、何か不埒《ふらち》な真似をするのではないか」

河鍋からは、そこを探れと命じられていた。

お国入りの経路は決められている。そこで禎之助は、宿泊や休憩の場などについて密かに調べようと考えた。

藩邸を見張り、出てきた中間を摑まえて小銭を与えた。宿割に出るのが青山と堀内で、いつ出立なのかを聞き出した。手間のかかることではなかった。

先月の出立の当日は、未明から藩邸を見張って、二人が出て来るのを待った。聞いていた通り、二人は旅姿で屋敷から出てきた。そのまま禎之助は後をつけた。

「あのときは、取り立ててのことはなかったぞ」

と思っていた。宿の者に銭を渡して、話を聞いている。値切るなど吝い一面がうかがえたが、それ自体は問題ではなかった。宿割として、当然のことをしただけだった。

河鍋にも、そう伝えた。

「けれどもきっと、何かがあるぞ」

禎之助はあきらめない。この日も、早朝から屋敷の見張りに出てきていた。そして思いがけない光景を目にした。

「あれは」

旅姿の青山と堀内だった。そのまま足早に歩き始めた。宿割はすでに済んでいるはずだ。それなのにどこへ行くのか。禎之助は旅装ではないが、二人をつけることにした。

「どこへだって、つけて行くぞ」

無駄足になるかもしれないが、それでもかまわない。この二人ならば、お国入りに関わることだろうと考えた。二、三日の宿泊ができる程度の金子は懐にある。それで足りなければ、野宿でも何でもする覚悟だった。

青山らは、浅草寺風雷神門前に出てから、日光街道へ入った。千住宿を過ぎると、すぐに水戸街道へ進んだ。成田街道へ向かう道だった。

「何をするのか」

気持ちが昂った。宿割はいったん済ませながら、わざわざ出向いてゆく。大事なことなのは明らかだ。

気付かれぬように間を空け、注意して歩いた。

休憩地は通り過ぎた。市川の関所では、通過前に番人の様子を検めている気配があった。しかし長居はせず、渡し船に乗り込んだ。

青山と堀内が立ち止まったのは、大和田宿の本陣井桁屋の前だった。そのまま建物の中へ入った。暖簾《のれん》の間から覗くと、二人は足を濯《すす》いでいた。泊まるつもりらしい。

禎之助はどうするか迷ったが、腹を決めて敷居を跨いだ。現れた女中に、泊まる旨を伝えた。青山と堀内は、禎之助の顔を知らない。それならばかまわないという判断だった。

さりげなく、二人の動きを探る。主人と何か話をしてから、三人で母屋の裏手にある離れ家へ行った。建物の中や周辺を検めていた。

何のためか、何を話したのかは分からない。それから青山と堀内は、改めて宿の周辺を歩いた。声を落としているので、話の中身を聞き取ることはできなかった。

部屋は隣ではなかったが、様子はしじゅう気にしていた。せっかくここまでつけてきたのだから、どんなに小さなことでも、見逃すまい、聞き逃すまいと思っていた。

一応の話がついたらしく、二人は宿の風呂場に入った。禎之助も続けて入って、湯に浸かった。

さりげなく近くへ行って、耳を澄ませた。

ここで堀内が、「女子の旅は」と口にした。何か続きを言おうとしたところで、青山が周囲に目をやって口止めをした。堀内もそれ以上は何も言わなかった。体を洗った二人は、引き上げていった。

「今の言葉が、何か意味があるのか」

禎之助は考えたが、見当もつかなかった。

そして翌早朝、青山と堀内は江戸へ引き返した。後ろ姿を見送った禎之助は、宿の番頭に問いかけた。

「今宿を出た二人は、高岡藩の者ではないか」

「さようでございます」

警戒する様子もなく、番頭は問いかけに応じた。

「お国入りで宿泊する、打ち合わせだな。しかしそれならば、昨年のうちに済ましていたのではないか」

軽い疑問といった口調で訊いている。

「ええ、お打ち合わせは済んでいますが、さらにお部屋が欲しいという話でして」

たいした話ではない。ただそれならば、書状を送れば済むのではないかと感じた。わざわざ二人がここまで来たのには、わけがありそうだ。そういえば検分した部屋は、広い二間続きの離れの部屋だった。

「身分のある方が、泊まるのではないか」

「はっきりとはおっしゃいませんが、そんな感じでした」

いったい誰が使うのか……。急に決まったから、二人は今になってやって来た。そして二人は、聞こえるようなところでは、一切その話をしなかった。

「藩の秘事か」

とも考えた。ともあれ江戸へ戻り、河鍋に知らせることにした。

禎之助から話を聞いた河鍋は、腕組みをして考えた。

「藩の重臣を一人、行列に加えるのは、さしたることではないぞ」

どこの藩でも、よくあることだ。

「ずいぶん慎重に、部屋と建物周辺を検めていました」

「うむ。しかもその者を、隠そうとした気配があったわけだな」

「さようで」

「それは、何者であろうか」

何かがにおう。これは何としても知りたいところだった。

高岡藩や正紀を追い詰めるためならば、何でもするつもりでいた。建物全体がくすんでいるような下屋敷に押し込められ、無聊《ぶりよう》をかこっている。本来なら、藩の家老となって腕を揮っていたはずだった。

「わしは、このような場所にいる者ではない。こうなったのも、すべてあやつのせいだ」

たかだか一万石の大名の世子でしかない若造に、手玉に取られた。腸《はらわた》が煮えくり返る。このままでは済まさない。

此度のお国入りには何か裏がありそうだが、禎之助の話を聞いただけでは見当もつかなかった。

正国のお国入りは、ほぼ一月《ひとつき》後に迫った。そこに潜んでいるかもしれない不正の証を、何としても暴きたかった。

「高岡藩の者に、探りを入れてみましょうか」

「そうだな」

河鍋は禎之助の言葉に頷いたが、それが秘事ならば、渡り者の中間や小者には知らせてはいないだろうと察した。藩士には緘口令《かんこうれい》が敷かれているはずだった。

今のところでは、探りようがない。

滝川からの四十両が届いて、正国のお国入りについて資金面での段取りがついた。井尻も、その部分では安堵したらしかった。しかしお国入りに関しては、何が起こるか分からない。

四

いつ破裂するか分からない、大筒の玉を抱えての旅といってよかった。ともあれ障害になりそうなことはすべて挙げて、解決をしておかなくてはならなかった。

「滝川さまの髪は、どうなさいますか」

京が問いかけてきた。頭巾を被ってもらうにしても、奥女中の髪ではまずい。頭巾を取らなくてはならない場面が、ないとはいえなかった。

「侍の髪にしたいが、まさか月代《さかやき》を剃《そ》るわけにはゆくまい」

「総髪で、髷《まげ》を結っていただきましょう」

「誰に結わせるかだな」

ここに至っても、滝川のことはごく一部の者しか知らない。それは奥向きでも同じで、和にも知らせていなかった。極秘の移動だ。髪結《かみゆい》の腕よりも、口の堅い者でなくてはならない。

「私が結います」

「できるのか」

驚いた。京が男の髪を結うなどという話は、一度も聞いたことがなかった。

「やってみます」

このために、総髪の結い方を習っていると話した。絶対の自信ではないが、まだ一月近く間がある。

「では、試してみよ」

正紀の髪でやってみた。元結《もとゆい》を解いた。緊張した面持ちだ。しかし櫛の扱いは悪くない。思いがけず、手先は器用だった。

「見事とは言えぬが、離れたところから見れば、ごまかしはききそうだな」

この点は何とかなりそうだ。

当日の滝川の動きについては、麴町の実家を出るところから改めて京に話した。

「供を連れることはできぬ。それはお分かりであろう」

正紀ら数人が御忍び駕籠で迎えに行き、裏口から連れ出す。高岡藩上屋敷は裏口から入り、一晩は茶室へ入ってもらう。人目につく奥へは入れない。

「お相手は、私だけがいたします」

食事の膳を運ぶのにも、侍女は使わない。ここで京と話したことは、佐名木や河島らにも伝えた。


行列に先だって、御用荷物が高岡へ運ばれる。正国は参府となる八月まで江戸へは戻らない。勤番を終えてお国入りする家臣は、そのまま高岡暮らしとなる。

そこで先発の荷物は、事前に運ばれる。当日の行列は引っ越しのためのものではないから、武具と必要な品しか運ばない。

勤番を終えて国許へ帰る者の荷は、どうしても多くなる。しかし量が多くなれば、それだけ経費がかかる。

「士分の者でも一人につき葛籠《つづら》一つ、重さは四貫目（約十五キロ）までだ」

井尻は厳しく制限をした。以前よりも二貫目（約七・五キロ）減だという。不満はあるかもしれないが、文句は言わせない。

「頼む。その方は独り身ゆえ、荷は少なかろう。わしの物を入れてもらえぬか」

「いやいや、それがしも持ち帰らねばならぬものがありまする」

そんなやり取りが、あちらこちらで交わされる。

「入れてやる代わりに、銭を取る者もいるようです」

植村が言った。どうやらその銭で、江戸土産を買うらしい。催合金では、足りない者がほとんどだ。

「どうしても、持ち帰れぬな。どうだ、その方これを買わぬか」

江戸に残る者に、押し売りをしようとする者もいると聞いた。

藩邸内が、浮き足立ってきた。

「気持ちを引き締めよ。何があるか分からぬぞ」

井尻が気合を入れる。

奥でも、微妙に雰囲気が変わった。

「せっかく大坂から戻ったと思ったが、今度は高岡か」

正国のお国入りが迫って、和はどこか寂しそうだ。大坂へ行っていた間は、どういうこともない様子だった。帰って来たときも、取り立てて嬉しそうではなかった。

不仲とはいえないが、睦まじいようにも見えなかった。夫婦のことは、分からない。

植村は、正紀と共に今尾藩から高岡藩へやって来た。高岡河岸へは幾たびか行き、杭を打つ護岸工事に携《たずさ》わってもいたからそれなりの思いはあった。しかし生まれ育った土地ではない。

当初は行列に加わらないはずだったが、滝川の件で酒々井宿までは行列に加わることになった。他の者のように、望郷の思いはない。

滝川を萩原村へ送り迎えすることの重要さは分かっていたから、役目を果たさねばならないという気持ちは強かった。

「何者かが大和田宿までつけてきたなら、ただごとではない」

青山から話を聞いてから、厳しい旅になると覚悟をした。

だから外出先から戻った中間から、門外から屋敷を見張っているらしい深編笠の侍がいると聞いたときは胸が騒いだ。

「そのようなことをするやつは、他にはあるまい」

たまたま近くにいた、堀内に声をかけた。

「よし、仕掛けてみよう」

堀内は、大和田宿まで何者かにつけられたのではないか、気がかりだと言っていた。

確かめてみなければならない。

打ち合わせをして、堀内が先に屋敷を出た。用ありげに歩いて行く。植村は長屋門の上から、深編笠の侍の様子をうかがった。

「やはり、つけて行くではないか」

呟いた植村は、下に降りて門外に出た。太めの棒を手に持っている。植村には刀よりも、こちらの方が使い勝手がいい。

すでに深編笠の侍の姿はなかったが、歩いて行った道筋は分かっていた。足早に歩いて、後ろ姿の見えるところまで追いついた。

人気のない武家地の道である。堀内は打ち合わせどおりそこへ歩いてきたのだ。堀内が立ち止まり、振り向いた。

「なぜつけてくる」

深編笠の侍が立ち止まったところで、堀内は鋭い声をかけた。植村はその間にも、距離を縮めた。

植村と堀内が、侍の逃げ道を塞ぐ形となった。大和田宿までつけてきたのはこやつに違いない。捕まえて、正体を白状させるつもりだった。

「その方、河鍋家の者だな」

堀内が腰の刀に手を添えて言った。しかし返答はない。前後にいる二人に目を向けてから、刀を抜いた。

「やっ」

堀内に斬りかかった。気迫のこもった一撃だった。

襲撃を予想していた堀内は、抜いた刀で振り下ろされた刀身を払った。すぐに切っ先を回転させて、肘《ひじ》を打つ攻撃に転じた。

鋭い突きだが、相手は身を引いて躱《かわ》した。

後ろへ逃げようとしたが、植村は棒を振り上げ、相手の肩めがけて、そのまま叩き込むつもりだった。

骨は砕けても、死なせてしまうことはない。

だが相手は機敏だった。植村の狙いを察したらしい。

前に踏み出した。もう一度、堀内めがけて打ち込んだ。しかし大きくは振らなかった。小手を狙っていた。

堀内はそれを払った。相手はさらに攻撃を仕掛けるかに見えたが、身を躱したその隙を狙ってすり抜けた。

二つの体が交差すると、そのまま走って行った。腕は劣っていないが、相手が二人だということを踏まえていた。

「おのれっ」

植村と堀内は追いかけた。しかし逃げ足は速かった。何度か角を曲がっているうちに、見失った。

立ち合いの中で、深編笠の下の顔を見ることができた。二十歳前後で、須黒啓之助に似ていると感じた。

すぐに屋敷へ戻って、正紀に伝えた。

「向こうが先に刀を抜いたとは、ただごとではないな。やはり何かを、企んでいるな」

「そのように存じます」

「しかしそやつ、やるではないか。それなりの腕を持ちながら、二人を相手にして戦わず逃げたというのは、なかなかできることではないぞ」

「まことに」

須黒禎之助かどうか、確かめるように命じられた。

翌朝植村は、堀内と共に築地の白河藩下屋敷近くへ行って門を見張った。

「現れるまで、見張るぞ」

長屋門の潜り戸を睨みつけた。一刻半（三時間）以上待った。すると通りから侍が歩いてきた。二人は慌てて、樹木の陰に身を寄せた。

「あれは」

植村は言葉を呑み込んだ。笠を被っていないので、顔が見えた。

「昨日の侍だな」

堀内が囁《ささや》き、二人は顔を見合わせた。出かける姿は見なかった。こちらが来る前に、屋敷を出たらしかった。

細かな動きまでは分からないが、河鍋が高岡藩邸を探らせていることは、これで明らかになった。

「あやつは、こちらの企みを摑んだのであろうか」

「いや、それはないだろう。だから見張っていたのでは」

植村の問いに、堀内が答えた。

五

河鍋丹右衛門は、高岡藩上屋敷を見張っていた禎之助から、藩士二人に襲われた話を聞いた。

「そうか、堀内がわしの名を口にしたわけだな」

「さようで」

禎之助は、青山と堀内、それに巨漢の植村らの顔は知っていた。

昨年末、禎之助に青山らが宿割のため旅に出たのをつけさせた。年が明けて、再び出かけたのもつけさせた。気付かれた気配はないと聞いてほくそ笑んだが、残念ながら気付かれていたようだ。

「やつらも、我らを調べていたわけか」

「それがしに気付いて、見逃さず追いかけてきたのは、向こうには知られたくない何かがあるからではないかと存じます」

「うむ。そうかもしれぬな」

「青山らが行った二度目の大和田宿では、新たに貴人用の部屋を手配しました。しかもそれを、隠したがっている気配があります」

「そこに何か、秘密がありそうだな」

ただどのようなことなのかは分からない。二度目の大和田宿行きの模様を聞いてから、ずっと考えていた。

無役となった今は、暇だけはできた。しかしこれまでできた調べごとが、充分にできなくなった。顔見知りも幕閣も、白河藩の重臣も、相手にしてこない。それも腹立たしかった。

「わしはまだ、終わってはいないぞ」

と知らせてやりたい。

そこで河鍋は、駿河台裏神保《うらじんぼう》小路に屋敷替した旗本野崎専八郎を訪ねた。大名家上屋敷に囲まれた、武家屋敷でも一等地といっていい場所だった。

野崎は鏡新明智《きょうしんめいち》流桃井《もものい》道場の門弟で、同門の須黒啓之助を通じて知り合った。一年あまりの付き合いではあるが、共に企みを持ってことをなし近しい間になった。尾張一門の旗本三宅藤兵衛《みやけとうべえ》を御法に触れないぎりぎりのところで騙して、三方相対替によって辺鄙《へんぴ》な本所の外れから駿河台の屋敷に移った。これには河鍋が、悪徳な商人奥州屋と組んで力を貸した。

野崎は屋敷の相対替こそうまくいったが、滝川の拝領町屋敷を襲った事件で河鍋は失脚し、奥州屋は闕所となって、孤立無援となった。河鍋の口利きで定信に近づき、出世の道を探ることもできなくなった。

さらに尾張一門にも睨まれ、御小姓衆の役目も降ろされるのではないかという話も出ていた。宗睦は非情な政治家だ。歯向かった者を忘れない。後ろ盾のない旗本の左遷など、わけなくできた。

「これはようこそ」

互いに、出世の道から外れた者同士である。野崎は河鍋の訪問を快く受け入れた。

「いや、ちと力を貸していただきたいことがありましてな」

河鍋は、正国のお国入りについて調べたことと疑問点を伝えた。

「なるほど、何か隠していますな」

話を聞いた野崎は、関心を引かれた様子だった。

「できる限り、調べてみよう」

野崎は御小姓衆として、将軍近くにいる。いずれ閑職にやられるにしても、今は城内にそれなりの知り合いがいた。

河鍋は調べにかかる費えとして、金子二両を野崎に与えた。

翌日登城した野崎は、肝煎《きもいり》坊主に声をかけた。

「何でございましょう」

揉み手をするように答えた。坊主ではあっても、城内で読経をするわけではない。大目付に属して、事務の下調べをする。権限はないが、役目柄情報通で、尋ねごとをするのには都合がいい。

大名のお国入りの届は老中にするが、野崎が高岡藩について直には尋ねられない。

大目付や道中奉行にそれとなく尋ねることもできなくはないが、それをすると理由を問われたり、尾張一門に知られたりする虞《おそれ》があって面倒だった。

野崎は、人気のない廊下で懐紙に包んだ小判一枚を与えた。高岡藩のお国入りについて、調べを依頼した。

「お任せくださいませ」

坊主は、小判を懐に押し込みながら答えた。古い知り合いだったので、内密にやってもらえるはずだった。

野崎にしても、高岡藩と正紀に対しては恨みがある。駿河台への屋敷替を機に、定信との距離を縮めたいと考えていた。しかしそれは叶わないことになった。

屋敷替ができただけでは、意味がない。おまけに役替の話まで出ていた。閑職に回される見通しだが、無役となることもないとはいえない。

「あやつさえ、いなければ」

という気持ちは大きかったから、河鍋の話には一も二もなく乗った。

二日後、返事があった。期待したが、分かったのは出立の日程や宿泊する本陣の場所、休憩の場所など、公式に届けられた事柄だけだった。

「行列に、正国殿の他に貴人が加わるという話を聞いたがいかがか」

「それはないと存じます。あるならば、知らせがあるはずです」

坊主は答えた。

しかし大和田宿では、わざわざ宿割が出かけて、貴人用の離れ家を確保していた。

「では誰を運ぶのか」

やはりこれが、疑問として残った。

野崎は肝煎坊主から聞いた話を、屋敷を訪ねてきた河鍋と禎之助に話した。

「なるほど。貴人のことは、伝えられておらぬわけですな」

河鍋は呟いた。正国のお国入りについて調べてきたのは、禎之助だ。改めて見聞きしたことを細大漏らさず告げさせた。

「わざわざ離れ家のために出かけたのは、やはりただごとではあるまい」

「ご公儀に知られずに、行列に紛れて誰かを運ぶということであろうか」

「やはり、気になりまする」

野崎と河鍋のやり取りに、禎之助が続けた。堀内が「女子の旅は」と言い、青山が話題を変えさせた一件である。すでに一度伝えられたが、河鍋はそのまま聞き流した。

しかし禎之助は気になるらしく、あえてもう一度持ち出したという印象だった。

「まさか女子ではあるまい」

「いかにも、厳しく禁じられておる」

野崎と河鍋は否定した。けれども禎之助は、こだわった。

「だからこそ、高岡藩では隠そうとしているのでは」

「ううむ」

河鍋はあり得ないという顔をしているが、野崎はここで「あるいは」と考えた。ご法度の出女を、お国入りの行列に紛れ込ませたとなれば、藩は厳罰に処せられる。よほどの覚悟が必要だが、やるとなれば慎重を期すだろう。

「万一運ぶとして、それは正室の和か、それとも正紀の妻女京か」

見当がつくのはそのどちらかだ。

「しかし事情があり、届を出せばできぬことではござらぬ」

言われてみれば、河鍋の言葉はもっともだ。

「いかにも。尾張が肩入れをすれば、手間はかかっても許しが出るに違いない」

危険を冒し、隠してまで連れ出す利は高岡藩にはない。待つのはせいぜい三月《みつき》だろう。

「急ぎ、誰かに会わねばならない用でもできたのではないでしょうか」

「そのような差し迫った何かが、高岡藩にあるのか」

「いえ、それは聞きませぬが」

禎之助は怯んだ。根拠があって口にしているのではない。

「しかし、女子というのはありそうだ」

やり取りをしていて、河鍋の気持ちも揺れたらしかった。それならば、高岡藩の動きに辻褄《つじつま》が合う気がするからだ。湯殿での堀内の言葉とも重なる。

「和や京ではなく、他の者かもしれぬぞ」

野崎は思いつきを口にした。

「では誰か」

三人は首を傾げた。そして河鍋が口を開いた。

「正紀は、大奥の滝川の拝領町屋敷の差配をした。それで奥州屋が潰れることになった」

「滝川のためならば、高岡藩も無理をするでしょうな」

「しかし滝川に、急遽江戸を出なくてはならない事情があるのか」

あるとは、とても思えない。しかし河鍋はしぶとかった。

「滝川の動きをお調べいただけぬか。特に正国のお国入りのある二月十三日から数日の動きを」

野崎に異存はなかった。

翌日登城した野崎は、御広敷番《おひろしきばん》の詰所へ行った。番頭《ばんがしら》とは親しいわけではなかったが、旗本として家禄もほぼ同じで、顔見知りではあった。幸い、尾張一門の者でもない。

御広敷番は、大奥出入りの関門で、内外の諸事を受け付ける役だ。御年寄の動きについては、踏まえているはずだった。

「滝川様について、お尋ねしたい」

河鍋から預かっていた残りの一両を、野崎は番頭の袂に落とし込んだ。不正を頼むのではないから、嫌がらなかった。

下城間際に再び詰所へ行くと、番頭は調べてくれていた。

「二月十二日から十六日まで、御暇を取っておいでござる。実家のお父上の病が芳《かんば》しからずということでござる」

「そ、そうであったか」

腹の底が熱くなった。正国のお国入りの日と重なるからだ。

六

野崎が下城をすると、駿河台の屋敷で河鍋と禎之助が帰りを待っていた。早速、御広敷番頭から聞いた話を伝えた。

「おお、やはりそうでござったか」

河鍋は興奮で顔を赤くした。禎之助も、目を輝かせた。

「いや、まだ決まったわけではござらぬ。そもそも父ごが病でも、正国の行列に紛れ込ませようとする証にはなりませぬ」

これは当然だった。

「しかし日が重なったのは、偶然ではござるまい」

河鍋の言葉に、二人は頷いた。

「確かめる手立てはござらぬか」

「さて」

野崎は首を捻《ひね》った。そして思い出した。

「存じ寄りの御小納戸衆の中に、妹ごが大奥へ奉公に出ている者がござった」

「その妹ごは、滝川と親しいのであろうか」

「存ぜぬが、宿下がりなど何かの折に、滝川を話題にしたかもしれませぬ」

「ならば訪ねて、訊いていただけまするか」

「もちろんでござる」

野崎は早速、訪問の約束を取った。

二日後、野崎は極上の鰹節《かつおぶし》二本を土産にして、御小納戸衆の屋敷を訪ねた。相手は家督を継いでまだ数年で、妹は十七だという。一生奉公ではなかった。大奥勤めを箔《はく》にして、良縁を得ようとする者だ。

「妹には、昨年末の宿下がりの折に会い申した」

訪ねた相手は答えた。

「どなたのもとに、お仕えでござろう」

「高岳様と聞いていますが」

これは幸いだった。高岳は御年寄の筆頭で次席の滝川と組んで、大奥で力を揮っているのは周知のことだ。

「滝川様について、何か話しておいでではなかったですかな」

「そういえば……」

さして前のことではないので、何か頭に残っていることがあるらしかった。

「思い出していただけるか」

「身内に病の重い方があるとか」

これは新しく聞く話ではない。父が重い病にあるからこそ、滝川は宿下がりを願い出た。そして親だからこそ、認められた。

滝川が対面したい相手がいるのは、確かなのかもしれない。しかしそれが江戸にいる父親では、こちらの読みとは合わない。

相手の旗本は、それ以上のことは知らなかった。ただそれであきらめるつもりはなかった。

「お妹ごが、大奥で親しくしている方のご実家で、ご存じよりの家はありませぬか」

「それならば、御新番衆《ごしんばんしゅう》の娘ごがおいでです」

これも一生奉公ではないが、滝川の下で奉公をしているのだとか。

野崎は、ここへは白絹一反を手土産にして訪ねた。御小納戸衆の紹介なので、面談をするのに手間はかからなかった。

「滝川様は、病の叔母上様の身を案じていると聞いたことがあります」

父親ではない。遠方にいるので、容易くは会えないという話だった。これは求めていた返答に近いと、野崎は唾《つば》を呑んだ。

「叔母上様は、どこにお住まいで」

「有馬恒次郎殿という旗本家に嫁がれたが、ご当主はすでに隠居して今はその知行地にお住まいだとか」

有馬の知行地がどこなのかは分からない。しかしその地が分かれば、話は進みそうだった。

そこで野崎は、自らの屋敷へ戻って旗本武鑑を検めた。

有馬家は家禄八百石だが、千五百石高の御先手鉄砲頭《おさきててつぽうがしら》を務めていると分かった。いい役に就いている。滝川の口利きがあっての役だと察せられた。

「よほどの思いではないか」

あやかりたいくらいだ。滝川のお陰で出世をし、加増を受けた。

さらに有馬の知行地を調べる。下総印旛郡萩原村だと分かった。

「これだ」

覚えず声が出た。印旛沼の近くならば、成田街道を使う。高岡藩のお国入りと同じ経路だ。

すぐに河鍋を呼んだ。待っていたとばかり、河鍋は野崎屋敷までやって来た。野崎は詳細を伝えた。

「とうとう、尻尾を摑んだぞ」

河鍋は笑みを浮かべて頷いた。

「現場を押さえれば、滝川と高岡藩を潰すことができる」

「いかにも」

二人は口元に嗤《わら》いを浮かべた。そして禎之助も交えて、どういう手立てが講じられるかを検討した。


二月になった。高岡藩上屋敷の沈丁花《じんちょうげ》が花を咲かせた。部屋にいても、早春の風がつんとしたにおいを運んでくる。

老中から正国への帰国の許しはすでに出ていた。

正国は、江戸城へ呼び出しを受けた。家斉公に拝謁して、御暇頂戴の挨拶を行い絹織物を拝領した。

「しばらく、会えぬな」

という言葉を頂戴したとか。奏者番として将軍近くにあった時期があるが、気に入られていたのかもしれない。

行列で運ぶ武具や諸道具も調った。その支払いも、済ませた。青山は、宿泊先となる大和田宿の井桁屋へ先触れ廻状を出した。宿泊当日の、最終確認をしたのである。

異常なしの返信があった。

そして九日になって、高岡から小浮村の申彦をはじめとする百姓三十名が江戸に到着した。

「よく来てくれた」

正紀は一同をねぎらった。

「お役に立てるならば、何よりです」

申彦は満足そうな笑みを返してきた。一同、気合をこめてやって来た様子だ。

早速、藩邸内で行列の予行を行った。並びの順序や持ち物の確認などを行った。

「挟み箱の持ち方、槍の立て方など一応さまになっているではないか」

検分した正紀が言った。百姓たちは、国許で荷の背負い方、歩き方などの指導を受けてきた。完璧とはいえないが、何とかごまかせるくらいになっていた。

「やる気のない渡り者よりも、だいぶましです」

河島の感想だ。

髷を結い直し、中間の身なりをさせると、それらしく見えた。行列にして、邸内を歩かせた。その上で肘の張り方や足の上げ方、目のやり場など、いくつかの細かい注意を与えた。

「これで出立の日を、待つだけでございますな」

佐名木が言った。しかし安堵をしている様子ではなかった。これからが勝負だと思っている。

「邪魔者が現れなければよろしいのですが」

ついつい悪いことを考えてしまう井尻は、気が気ではない様子だった。

「屋敷を見張っている者の気配はないか」

正紀は植村や堀内に問いかける。

「折々中間に、外の見回りをさせています」

今のところ、不審な者は現れていなかった。

第四章　市川の関所

一

江戸出立の前日、二月十二日となった。気が付くと、すでに下谷広小路界隈の桜の蕾《つぼみ》も膨らみ始めていた。

高岡藩上屋敷邸内は落ち着かない。挟み箱や長持《ながもち》は、いつでも持ち出せる状態だ。槍も研ぎ直された。宿割の青山は、先に出立した。

藩士と百姓を交えた行列も、何度目かの稽古を行った。

「充分な行列に見えるぞ」

検分した正国は言った。その言葉を聞いた正紀は安堵した。いろいろあったし、これからも大事は控えているが、久々のお国入りであるのは確かだった。気持ちよく高岡入りをしてほしかった。

滝川は正午前に江戸城を出、麹町にある実家に入ったという知らせを受けた。事は動き出していた。

正紀と源之助、植村と堀内が滝川の移動に関わる。堀内は宿割の補佐が役目だったが、他の者と代わった。酒々井宿まで実際に行っているので、正紀の下で働かせることにした。

正紀や植村は、これまで主に関宿経由の水路か陸路なら木颪《きおろし》街道を使った。源之助は初めて江戸を出る。

行列の後方に、御忍び駕籠を交えた。この駕籠は成田街道酒々井宿から行列と分かれ、萩原村へ向かう。帰路もこの駕籠を利用する。

担うのは、中彦と小浮村の口の堅い百姓の二人だ。

「御忍び駕籠には、貴人を乗せる。見たことについて、口外は無用だ」

この二人には、隠せない。しかし貴人が誰かは伝えなかった。

「正紀様に頼まれたら、何だってしますよ」

いきなり言われたので驚いたらしいが、中彦は頷いた。万一何かあったら、植村と堀内が担う。

勤番を終えて江戸を発つ者は、残る者に別れを告げる。

「江戸暮らしも、終わりだなあ」

国許へ戻れるのは嬉しいが、江戸暮らしに未練がある者も少なくない。

「もう少し、遊んでおけばよかった」

と口にした者もいた。

「行くぞ」

夕暮れどき、正紀と源之助、植村と堀内、それに中彦と百姓の六人は、御忍び駕籠を担って、藩邸の裏門から外へ出た。侍四人は深編笠を被り、中彦らは頭から手拭いを被って先を顎で結んだ。

目指すは麴町の旗本屋敷だ。道には、すでに薄闇が這っている。

道々つけてくる者がいないか調べるために、源之助が一団から離れた。

「不審な者はいません。我らの動きには、誰も気付いていないようです」

御忍び駕籠を旗本屋敷の裏門へ寄せると、何もしなくても門扉《もんぴ》が内側から開かれた。一同が中に入ると、門扉はすぐに閉じられた。

滝川の用意はできていた。頭巾を被り、地味な身なりになっていた。それでも身についた品格は隠せない。御法を犯そうとしているが、怯む様子は微塵《みじん》もなかった。

堂々として見えた。

「よろしく頼みます」

きりりとした表情で滝川は言った。父親は不安げな面持ちだが、一度口にしたならば引かない滝川の気質をよく分かっている様子だった。多栄は実妹だから、最期に逢わせてやりたいというのも本音だろう。

一同は御忍び駕籠と共に、裏門から外へ出た。すでに日は落ちて、宵闇が通りを覆っていた。

正紀らはつけてくる者がいないかと注意を払ったが、それはなかった。

高岡藩上屋敷でも、御忍び駕籠は出たときと同様に裏門から中へ入った。藩士や奥女中にも気付かせない。駕籠はそのまま茶室の前まで行った。

京は、茶室の中で滝川の到着を待っていた。微かな物音に気付いて、潜り戸を内側から開けた。

初めてまみえる滝川が、するりと部屋の中に入ってきた。

「ようこそお越しくださいました。初めてお目にかかります」

京は、若干緊張ぎみに挨拶をした。屋敷内では侍女を使わず、すべて京が対応すると伝えてあるはずだった。正客の位置に、座を勧めた。

滝川は茶花《ちゃばな》の侘助《わびすけ》にちらと目をやってから、座に着いた。侘助は京が庭から咲き始めたものを摘んできた。もてなしのつもりだ。

室内にある行燈《あんどん》の明かりが、滝川の横顔を照らしている。若くはないが、ふっくらとした整った面立ち、鋭い眼光で睨まれれば震えが出るかもしれない。しかし凛《りん》とした姿の、その美しさに京はどきりとした。

「そなたが正紀どののご妻女か」

「お見知りおきをいただきたく」

「いつぞやは、船橋《ふなばし》屋織江《おりえ》の練羊羹《ねりようかん》をもらった。あれは美味であった」

「お恥ずかしい限りでございます」

覚えていてくれたのは嬉しかった。

食事は済ましてきたと聞く。だから薄茶を振る舞う用意をしていた。炉の炭がはぜる小さな音がした。茶を点《た》ててよいかと訊き、頷くのを確かめてから、京は道具を運び入れた。

売らずに済んだ道具だ。

「正紀どのは、そなたに優しいか」

滝川が尋ねてきた。

「はい」

胸を張って答えた。茶筅《ちゃせん》を通す音が、室内に響いた。

「ならば重畳《ちょうじょう》。正紀どのは、なかなかに気骨もあるぞ。やや無鉄砲じゃがな」

「はあ」

それは京も分かっている。しかし滝川がそう感じたのは、なぜだろうかと考えた。

その気持ちを察したように、滝川は言った。

「わらわの無茶な頼みを、聞き入れた」

「なるほど」

自分でもそう思っているのかと、京は胸の内で察した。正紀への感謝も、その言葉の中に含まれていると感じた。

「叔母上様には、お気がかりなことと存じます」

話題を変えた。滝川の胸の内を覆っているのは、これだろう。

「叔母については、まだ異変があったとの知らせはない。病重篤《やまいじゅうとく》であっても、わらわが分かるであろう」

「はい。お喜びなさると存じます」

母親代わりだという叔母ごの命は、風前の灯《ともしび》だ。滝川は異変の知らせがないことを願いながら、この日が来るのを待っていたに違いない。

長話はしない。出立の朝は早い。九つどき（午前零時）には、屋敷のすべての者が目を覚ます。すでに床は延べてあるので、滝川には仮眠をとるように勧めた。明日は、一日中駕籠に揺られる。


滝川は、九つ前に目を覚ました。京は洗面の手伝いをしてから、用意していた朝食を運んだ。衣服については、家老用のものを用意した。体に合わせられるように、縫い直しをしていた。

鏡の前に座ってもらう。元結を切って櫛を入れる。豊かで艶《つや》のある髪だった。すっと櫛が通った。

総髪で男の髷を結った。

八つどき（午前二時）になって、支度触れの太鼓が鳴った。受け持つ用を済ませ、出立の支度をせよという合図だ。

表門の方から、馬の嘶《いなな》きや指図する侍の声が聞こえた。

七つの御供触れの太鼓が鳴るしばらく前に、滝川の支度は整った。

「いかがでございましょう」

「うむ。見事ですね」

鏡に己の姿を映した滝川は、そう言った。

「無事のお帰りを、お待ちいたします」

「正紀どのは、必ずや無事に役目を果たすであろう。案じてはおらぬ」

「私も、そのように存じます」

京は口ではそう答えたが、やはり案ずる気持ちはあった。叔母ごが生きていて欲しいということと、道中の無事である。

河鍋が、何かの企みをしてくることがないとはいえない。滝川の同道に気付くわけがないと思うが、屋敷を探っていたのは明らかだった。

ついに御供触れの太鼓が鳴った。茶室の外に、御忍び駕籠が迎えにやって来た。

御供触れの太鼓が鳴り終わると、河島と井尻は門内に集まった者たちを整列させ、順番と持ち物の確認をした。正紀は、供侍と同じ身なりになって陣笠を被っている。

若殿にはとうてい見えない。

先馬二頭の後ろに、槍、具足櫃、竪弓、弩瓢などの武器を持つ者が並んだ。中間の身なりをした、高岡の百姓たちだ。まだ暗いから、松明を掲げている者もいる。その後に、正国の駕籠を囲む武士団が並んだ。

正国はすでに駕籠の中にあった。

当初予定になかった御忍び駕籠が加わることは、すでに家臣たちには伝えてある。正紀や源之助が供につくくらいだから、よほどの貴人であるのは予想がつく。しかしそれが女だとは知らない。

百姓の中で知っているのは、中彦を含めた二人だけだ。

正紀は江戸を出られる身ではないが、病で奥に引きこもるという形にする。初めてのことではないので、家臣たちは驚かない。

河島は家老駕籠に乗る。その後ろしんがり近くに、滝川の御忍び駕籠がついた。正紀ら供の者が囲む。

「ご出立」

甲高い声が、屋敷内に響いた。これでそれまであった私語がなくなった。佐名木をはじめとする江戸屋敷に残る者が、整列して見送る。

表門の扉が、軋み音を立てて開かれた。先頭の先馬二頭が、門外へ出た。一同が続いて屋敷を出た。

「参りますぞ」

正紀は滝川に声をかけた。御忍び駕籠が持ち上げられた。

二

北町奉行所の高積《たかづみ》見廻り与力山野辺《やまのべ》蔵之助《くらのすけ》は、正国のお国入りがあることは前から知っていた。八丁堀の屋敷へ訪ねてきた正紀から知らされたが、同時に極秘の頼みごとをされた。

貴人を江戸から出す話だ。

お互いのためだとして、正紀は貴人が誰かは話さなかった。本来ならば、江戸から出してはいけない人物だというのは明らかである。

山野辺と正紀は同い年で、共に神道無念流戸賀崎道場で学んだ剣友である。今でこそ身分も立場も変わったが、「おれ」「おまえ」の関係を続けていた。様々な場面で、手を貸してもらった。

「白河藩の河鍋の動きに不審なものがある。行列がご府内を出るまで見張ってもらえぬか」

と頼まれた。滝川の拝領町屋敷に関わった件で、山野辺も河鍋の卑怯で悪辣《あくらつ》なやり方については腹を立てていた。

北町奉行所の与力として、大っぴらに何かはできないが、河鍋の企みに気が付けば、それなりの手は打てると思った。

七つどき、高岡藩上屋敷へ行くと、長屋門の向こうに明かりが灯って、ざわめきが響いてきていた。

開門にはなっていないので、門の前は闇の中にあった。

山野辺は、その闇の中に目を凝らした。もちろん門前だけでなく、通り全体にも気を配った。河鍋の手の者が潜んでいる可能性は大きい。正紀はそれを案じたから、依頼をしてきたのだ。

「何か仕掛けてくるのは間違いない」

しかし行列に貴人が紛れていることには、気付かれていないだろうと正紀は言った。

「ならば何を仕掛けてくるのか」

ここが見えてこない。たとえどれほどの剣の達人でも、二人や三人では、五十人を超す大名行列を相手にして、とうてい太刀打ちはできない。

斬り捨てられて終わりだ。普通に考えたら、何かが起こることはあり得ないだろう。

「何事もない」

と考えられるが、断定はできないから、山野辺は眠い目をこすってここまで出張ってきた。

邸内からは、慌ただしさが伝わってくる。しかし門外には、闇があるだけだった。夜明けには、まだ間がある。

「はて、あれは」

やや離れた闇の中で、何かが動く気配があった。じっと注視した。

侍が闇に潜んで、門を見張っている。近づこうとしたとき、御供触れの太鼓が鳴った。門扉が内側から開かれた。

「現れたな」

中間が出てきて、門の両脇に篝火《かがりび》を立てた。そして先馬二頭が現れた。二人とも堂々と胸を張っている。山野辺は、動くのを止めた。

次に諸道具を担う中間が続いた。皆、足並みを揃えている。駕籠は三丁だ。最後が御忍び駕籠で、この警護に正紀や源之助らがついていた。しんがりは井尻だった。

「一万石としては、まずまずの行列だな」

この行列のために、正紀が苦心したことは聞いた。大名行列では、沿道の警固に駆り出されたことがある。華美になりがちだが、内証が苦しい小大名は高岡藩と似たような行列の規模だった。

屋敷前から、行列は去ってゆく。山野辺は、行列よりも闇の侍に気を配っていた。

「おや」

後をつけるかと考えたが、動かなかった。行列が見えなくなり、藩邸の長屋門が閉じられると、ようやく動き始めた。

行列が進む方向とは逆へ、足早に歩いて行く。

山野辺は侍をつけた。武家地の道を、提灯《ちょうちん》も持たずに南に向かった。足早に歩いて立ち止まったのは、神田川に架かる新《あたら》シ橋《ばし》の袂だった。川面《かわも》に目をやってから、船着場へ降りて行った。

船着場には、舟が一艘停まっていた。居場所を知らせるような、淡い提灯の明かりが灯されていた。

侍はそれに乗り込んだ。

山野辺は河岸道から身を乗り出して、舟の中を検めた。乗っていたのは侍たちで、乗り込んだ者を除いて三人いた。一人一人の顔を確かめる。

「あれは」

その内の二人の顔に、見覚えがあった。

河鍋と野崎だった。四人とも、旅姿だった。見かけない二人は、話に聞いた須黒禎之助と野崎家の用人あたりだろうと踏んだ。

さして間を置かず、舟は浅草橋《あさくさ》方面へ滑り出た。このときには、提灯の明かりは消されていた。

「野崎も仲間か」

正紀の話からは名が出ていなかったが、驚きはしなかった。三方相対替の件で、野崎の顔は見ていた。その折の企みも正紀から聞いている。正紀や高岡藩に恨みを持っているのは、間違いなかった。

「しかしあの四人では、どうにもなるまい」

ただそれでも、何かをしようとしていた。勝算のない争いをするわけがない。そこであっと気が付いた。

「ひょっとしてやつらは」

貴人の正体が分かっているかどうかは別にして、江戸から出してはいけない者を同道することに気付いているのではないか……。

それならば、話は分かる。野崎は旗本で、河鍋は無役とはいえ白河藩士だ。江戸から勝手に出ることは許されないはずである。そういう危険を冒して、行列を追おうとしていた。

行列の経路は分かっている。舟で先回りもできる。

山野辺は行列を目指して、陸路を駆けた。


上屋敷を出た行列は、下谷広小路を経て浅草寺風雷神門前へ出た。日光街道に出てさらに先へ進む。加わっている百姓たちは、正紀の目で見てはらはらするものではなかった。

東の空に赤味が兆《きざ》し始めたが、夜明けにはまだ間があった。しかし街道には、すでに旅人や仕事に出ようとする職人の姿があった。魚や蜆《しじみ》を仕入れてきた振り売りの姿もある。

「下にー、下にー」

とは言わない。その声で道端《みちばた》に土下座をさせるのは、将軍家と御三家御三卿に限られた。他の大名は、たとえ百万石でも異なる声が掛けられる。

「脇寄れ、脇寄れ」

高岡藩では、こういう声掛けをした。行列の邪魔をさせるわけにはいかない。前を横切るなどもってのほかだ。武家は体面を重んじる。もし体面を汚す者がいたら、それには厳然とした対応をする。

ただそうならないように、事前に道を空けるように伝えた。道を空けた町の者は、立ったまま黙礼をすればそれでいい。

正紀や源之助は、周囲に目を光らせている。けれどもそれは通りがかりの不埒な者や、街道の無礼者を探すためではない。変事が起こる気配はないが、河鍋たちに何か動きはないか注意は怠《おこた》らないという気構えだった。

行列は今のところ順調だ。この時期は他の大名家の行列と重なることがある。重なった場合には、藩主同士が駕籠の戸を開けて挨拶をする。相手によっては、駕籠から降りなくてはならない。

それは厄介だ。

小塚原《こづかっぱら》あたりで、ようやく明るくなってきた。そこで走って追いついたとおぼしい山野辺の姿を、正紀は目にした。

さりげなく行列から離れて、人気のない地蔵堂の裏手へ行った。屋敷から行列が出るさまを見ていた侍がいて、新シ橋下の船着場へ行き四人で浅草橋方面へ船出をしたことを聞いた。

「そうか、野崎も加わっていたのか」

正紀は初めて知った。

「やつらは、貴人が加わっていることに気付いているのではないか」

と山野辺に告げられて、どきりとした。同じことを、正紀もぼんやり考えたことがあった。

四人でただ襲うだけならばたいしたことはないが、貴人ありとして何かを仕掛けてきたら対処が難しくなる。

「ありがたい。よく伝えてくれた」

河鍋や野崎らが、企みを持って江戸から出たことが分かったのは収穫だった。

「舟で、千住か市川あたりに先回りするつもりではないか」

山野辺は言った。

三

「いずれにしろ、油断は禁物だ」

山野辺に言われた正紀は、行列に戻った。山野辺の世話になるのはここまでだが、ありがたかった。そして気持ちが引き締まった。

「二人や三人で、何ができる」

と高を括る部分がこれまであったが、そんな気持ちは吹っ飛んだ。腹にぐっと力をこめた。

行列は小塚原の刑場を過ぎて、千住大橋に近づいている。すっかり明るくなって、通行人も増えた。

「脇寄れ、脇寄れ」

中間が声を上げている。声を聞いて、町人だけでなく侍も道の端へ寄った。行列を見るために、通りへ出てくる子どももいる。

正紀は、歩きながら山野辺とのやり取りを反芻《はんすう》した。河鍋らには、野崎が加わった。

江戸から出してはいけない貴人を同道している証を握れば、向こうは行列を襲う必要がなくなる。

刀を抜くこともなく、貴人の同道を天下に知らしめるだけで、高岡藩の改易さえ視野に入る。尾張一門としては大打撃だ。河鍋や野崎は、親定信派として力を盛り返すことができる。

「もし貴人が誰かまで、分かっているとしたら」

それはないだろうと思うが、ぞっとした。ただその虞《おそれ》も、まったくないとはいえない。

ならば四人でも、こちらに致命的な打撃を与えることができる。ただ行列をしている藩士さえ知らないことを、河鍋らが知ることはできたか。

考えてみた。河鍋だけならば無理だが、御小姓衆の野崎が加わっているとなるとあるいはと感じた。

正紀はまず源之助に近づき、事態を小声で伝えた。

「まさか」

驚きを隠せない。声が大きくなって、慌てて周囲を見渡した。

「取り乱してはならぬ。行列が乱れる」

「はっ。禎之助はしぶとい男です。小さな疑問の裏を、野崎が取ったのでしょうか」

源之助は忌々し気に続けた。

「しかしな、何であれ河鍋らは、確かな証を握っておらぬはずだ。怪しいと睨んでいるだけだ。付け入る隙を与えねばよい」

とは言ったが、これはたいへんだ。どういう形で出て来るか、見当もつかない。刀で行列を襲うのとは別の策を練らねばならぬ。

ない。

「申したことを、頭に入れて動け」

それから河島、植村、堀内に伝えた。三人とも驚いたが、受け入れて事に当たるしかないという顔になった。行列の柱になる者に動揺があっては、武家の威厳は保てない。

正紀は、滝川の御忍び駕籠に近づいた。

「行列は、滞りなく進んでおります」

と伝えた。今の滝川にできることはない。危険はあっても、無駄な怖れは抱かせない。正紀は続けた。

「これから、千住大橋を渡ります」

そう告げると、駕籠の中で身じろぎをする気配があった。少女の頃から江戸城へ入った滝川だから、江戸を離れるなど初めてのことだろう。目にするものは、すべて珍しい光景に違いない。

滝川は、返事をしない。女の声が、他の誰かに聞かれるのを避けるためだ。

千住宿は、橋の両側に建物が並んでいる。旅籠や食い物を商う店が多い。道端の茶店にある蒸籠《せいろ》から、甘い湯気が上がっていた。

人の多いこの宿場での休憩は、初めから旅程になかった。まだまだ旅は長い。

正紀は周囲に目を光らせながら進み、見知った顔がないか気を配った。深編笠の旅の侍も見かける。新シ橋から舟に乗った四人が、先回りをしてここで何かを企んでいるかもしれない。

宿場の問屋場《とんやば》、貫目《かんめ》改所《あらためじょ》あたりで道は日光街道と分かれ、行列は水戸街道へ入った。茶店で休む数人の旅の侍の姿があったが、見知った顔はなかった。遠路からの旅人の衣服には、埃が目立つ。長旅を続けてきた者とこれから出る者は、ひと目見れば分かった。

千住宿では緊張したが、何も起こらなかった。

宿場を離れると、田植え前の田圃が広がっている。吹き抜ける風はまだ冷たさを残しているが、歩いて火照《ほて》った体には心地よいくらいに感じた。

「ここまで来ると、江戸を離れたという気持ちになりまする」

植村が言った。

小菅《こすげ》村、上芝《かみしば》村と過ぎて菅原村へ入った。高岡藩では、ここの名主屋敷と百姓代の家で休憩を取ることになっていた。

「お疲れでございます。ようこそお越しくださいました」

すでに先に出ていた青山の手配があるから、名主と村人は沿道で待っていた。本来ならば他の宿場の本陣を利用するところだが、あえてこの地にした。ここの方が、安く上がるからだ。

駕籠から出た正国は、ほっとした顔で背伸びをした。狭い箱の中にいて、三里（約十二キロ）ほど進んできた。やっと駕籠から出られたといった様子だ。

ここで正紀は、山野辺から聞いたことを正国にも伝えた。

「向こうの出方に応じた動きをいたせ」

ここまできたら、相手の仕掛けを一つ一つ潰すしかない。そういう返答だった。

御忍び駕籠は、名主屋敷に近い小前《こまえ》百姓の家に回した。男装にしたとはいえ、滝川はできるだけ人目にさらさない。雪隠の問題もあった。母屋のものを使う。藩の者は誰も使わない。

駕籠から出た滝川も、手足を伸ばした。女房から茶菓の接待を受けた。干し芋だが、珍しそうに食べた。頭巾は被ったままだ。女房も近づかせず、正紀が茶菓を受け取った。

「その方、何の用だ」

見張りをしていた堀内が声を上げた。何かあったら、すぐに声を上げろと伝えてある。耳にした正紀は、声の上がった方へ行った。

正紀が目にしたのは、農婦だった。小前百姓の女房を訪ねてきたと告げたが、「後にしろ」と堀内が追い返した。

銭を貰って、様子を探りに来たとも勘繰れる。誰であれ、ここはまず疑ってかかることにした。

休憩は四半刻足らずで終える。宿泊する大和田宿までは、まだ七里（約二十八キロ）ほどあるから、のんびりはしていられない。

正紀も、一か所に長居はしたくなかった。

休憩の代金は、井尻がまとめて名主に払う。ここで思いがけないことを聞いた。多古藩主松平勝全《かつたけ》の行列が、半刻前に通ったという話だった。名主から聞いた井尻が、正紀に知らせてきた。

多古藩は、成田街道を酒々井宿まで行って、そこで多古街道を進むことになる。下総香取《かとり》郡に陣屋があった。

同じ方向に向かう。半刻の違いならば、行列がぶつかる虞《おそれ》があった。

「多古藩では、一日早く江戸を出たのではなかったのか」

正紀は、苛立つ気持ちを抑えて井尻に問いかけた。互いに調整をした上で、出立日を決めたはずだった。

「昨日江戸を出たよしにございまするが、殿様がにわかに腹痛を起こされたとかで、昨夜は千住宿に投宿なされたとか」

　幸い腹痛は治まり、今朝宿場を出たという。

「殿様の病ではありますが、藩としては余分な出費となりました」

井尻はそこを案じたらしい。いかにも井尻らしいが、正紀が気になるのは費えのことではない。

「では、大和田宿での宿泊はどうなるのか」

多古藩は井桁屋に昨晩泊まって、今朝発つ予定だった。このままだと、大和田宿で宿泊が一緒になる。

「青山殿からは、何の知らせもないゆえ、変更はないと存じまする」

井尻は返したが、不安は残った。

「厄介なことに、ならねばよいですが」

源之助も気になるようだ。

「ともあれ、参ろう」

正紀は気合を入れて言った。こちらが動揺していると、河鍋らに隙を与えてしまうかもしれなかった。

向こうは、貴人の存在を明らかにしない限り次の動きを取れない。それをさせないことが、何より大事だった。

再び田の道を進む。亀有《かめあり》村を過ぎると中川に出る。ここでは船渡しとなった。江戸の近隣の川には、橋が架けられていない。すでに出た青山の手配で、船の用意はできているはずだった。

「申し上げます」

進んでゆくと、先触れからの知らせがあった。

「どういたした」

河島が問いかける。

「多古藩の行列が、中川の手前で船待ちをしております」

日にちがずれた。にわかに渡河のための船が必要になった。五、六十人の他に、荷や駕籠、馬を載せる。二艘や三艘では済まない。殿様をはじめ、行列の者たちが普通の旅人と同じ船に乗るわけにもいかなかった。

「船が揃うのには、手間がかかりそうだな」

さっさと出てほしいが、船が調わないうちにこちらの行列が着いてしまうかもしれない。

「そうなると、殿や他の方は、駕籠の戸を開けて挨拶をしなくてはなりませんね」

源之助が、顔を青ざめさせて言った。

四

「道を変えませぬか」

植村が言ったが、変えようがなかった。じきに中川にぶつかる。船がなければ、川は越えられない。

「早く、船に乗って行ってくれるといいのですが」

堀内の言う通りだが、そう都合よくはいかないだろう。船が揃っても、行列の者がすべて乗り込むには手間がかかる。

「ゆっくり進みましょう」

源之助が、先頭の騎馬のもとへ走り、歩みを遅くするよう伝えた。それで明らかに歩みが緩慢になったが、その甲斐《かい》もなく彼方に渡船場が見えるところまで来てしまった。

山も丘陵もない平地だから、見晴らしがいい。農家や小さな稲荷《いなり》堂などが点在しているが、それだけだ。多古藩の行列もよく見えた。向こうからもこちらが見えるはずだから、逃げ隠れはできなかった。

多古藩主勝全は、正国とは昵懇とはいえないが良好な関係にある。挨拶のために向こうが駕籠から降りたら、こちらも降りなくてはならない。そして藩主が駕籠から降りたら、駕籠にいる家臣は、そのままではいられない。

ただここまで来て、理由もなく立ち止まるわけにはいかない。歩き続けていると、しんがりにいた井尻が、正紀のもとへ駆け寄ってきた。

「あの樹木に囲まれた古い稲荷堂の陰に、深編笠の侍二人の姿が見えました」

「何だと」

渡船場から二丁（約二百二十メートル）ばかりのところだ。正紀は多古藩の行列に気を取られていて、注意を怠っていた。

「殿様同士の挨拶の折に、神妙なふりをして顔を出して来るのでしょうか」

勝全がいる前で、「畏れながら、御忍び駕籠のお検めを」とやられたらまずいことになる。こちらは白を切るにしても、どう出て来るのかは分からない。場合によっては松平勝全が、滝川の出女に関して目撃者になってしまう虞《おそれ》があった。

「よし。御忍び駕籠は、行列から外そう」

正紀は素早く判断した。挨拶が済んで、先着の多古藩が渡河をしたところで合流する。それならば滝川は駕籠から降りないで済む。正紀は源之助に近づくと、小声で指図をした。

「こちらで捕らえてしまってはどうでしょうか。二人はおそらく禎之助と野崎の家来です」

源之助が言った。

河鍋や野崎が、顔を出すわけがない。二人は勝手に江戸を出ることができない身の上だ。ここで野崎の家来と禎之助を捕らえてしまえば、向こうの戦力は半減する。

「よし。そうしよう」

勝全との挨拶の折は、駕籠には病人が乗っていることにする。関所ではないから、それでも顔を見せよとは言わないだろう。正国には、それで通してもらうしかなかった。

正紀は正国の駕籠に近づき、戸を開けて仔細を伝えた。

「分かった。それで行こう」

正国は受け入れた。

稲荷堂の陰に身を潜めた深編笠の侍は二人だという。河鍋と野崎がどこにいるかは分からない。

正紀、源之助、植村、堀内の四人が、一人ずつ行列から離れた。横手や背後に回り込んで、襲う計画だ。

正紀は稲荷堂から一丁（約百十メートル）ほどの、水路のところまで近づいた。源之助と堀内は、水門の陰に身を屈めた。折しも行列は、渡船場に着いて並んだところである。

深編笠の二人は、行列に気を取られていた。近づかれたことに、気付かない様子だ。

行列では駕籠の戸が開けられて、勝全と正国が駕籠から降り立った。これから挨拶をするらしい。

このとき、深編笠の二人が稲荷堂の陰から飛び出した。行列に向かって畦道《あぜみち》を駆けて行く。

「よし」

正紀ら四人も、走り出した。想定していた動きだから、充分に妨げられる場所を選んでいた。

四人は、深編笠の二人の行く手を遮るように立った。

「その方ら、お行列を襲う賊だな」

正紀は、決めつけるように叫んだ。罪人として、捕らえるつもりだ。深編笠の二人は、刀を抜いた。それでこちらの四人も刀を抜いた。あくまでも抗《あらが》うならば、斬り倒してもよいと考えていた。

しかしここで、土手のあたりから、短いが鋭い指笛の音が響いた。それを合図に、走り寄ろうとしていた深編笠の二人は向きを変えた。指笛のあった、土手に向かって走った。

「待てっ、狼藉者」

正紀らは追いかけた。逃がすまいと思っている。せめて二人を、ここで捕らえてしまいたかった。残りは二人だから、先が楽になる。

逃げる二人は、なかなかに俊足だ。

土手に出た。そこには小さな船着場があって、舟が一艘停まっていた。すでに別の深編笠の侍二人が待っていた。

逃げてきた二人が、これに乗り込んだ。

艫綱《ともづな》が解かれ、舟はすぐに岸を離れた。そのまま対岸へ向かって行く。

「おのれっ」

わずかなところで、捕らえることができなかった。腹立たしいが、周辺に舟はない。

「先に乗っていたのは、河鍋と野崎だな」

顔は見えなくても、体つきはそれだった。

「くそっ」

土手に立った四人は悔しがったが、どうにもならない。行列に戻った。

その頃に、ようやく多古藩の行列を乗せる船が揃った。挨拶を済ませた勝全も乗り込んだ。

「勝全殿とは、無事に挨拶を済ませた。御忍び駕籠については、戸は開けたが中の者は病だと伝えた。大事にするようにと申されたぞ」

正国が、おかしそうに言った。

正紀はそこで、二人の賊が駕籠に向かって駆け寄ろうとした件について伝えた。こちらが阻むと逃げ、四人になって舟で対岸に向かったことまでを話した。

「逃がしたのは惜しいが、仕方があるまい」

正紀らは、御忍び駕籠の傍へ寄った。すると駕籠の戸が、内側から細く開けられた。

正紀は腰を屈めて、耳を近くに寄せた。

「何かありましたか」

正紀らの動きを、尋常ではないと感じたようだ。

「行列を怪しむ者が現れましたが、追い払いました」

そして何があっても、藩を挙げて対処する旨を伝えた。

「正紀どのを信じよう」

戸が閉じられた。滝川にしても、道中何事も起こらないとは考えていないのかもしれない。動じているようには感じなかった。

五

多古藩の一行を運んだ船列が、こちらの岸に戻って来た。それに高岡藩の行列が乗り込んだ。

「中川を渡ります。多少揺れますぞ」

正紀は御忍び駕籠の中に告げた。正国は駕籠から降りるが、滝川は駕籠から降りずに渡る。

馬の一頭が、船に乗るのを怖がって手間取ったが、それ以外は速やかに乗り込んだ。川の流れは、穏やかだった。

渡り終えると、河岸の道で列を整える。街道を東へ向かった。しばらく歩けば、新《にい》宿《じゅく》となる。そこを過ぎれば、水戸街道と成田街道の追分《おいわけ》が現れる。

さらに成田街道を進むと、今度は江戸川が行く手を塞ぐ。

市川の船渡しだ。その川の手前の伊予田《いよだ》村（現江戸川区北小岩《きたこいわ》）に市川関所があった。

「一番の難所だな」

と正紀は思っている。関所の調べも厄介だが、何よりも河鍋ら四人は先に中川を渡って行った。

市川関所で、何らかの手立てを講じてくることは明らかだった。

行列は急がない。多古藩が市川関所を越える時間を見計らってのことだ。正紀は、源之助と植村に、関所の門前近くへ先に行くように命じた。二人は、河鍋と野崎の顔を知っている。

「刀は抜かなくてもよいが、顔を見たら悪巧みができぬように邪魔をすればよい。河鍋と野崎は江戸を出られぬ身だ。そこを責めるのだ」

「はっ」

関所の出入りについては、男は武家であろうが町人や百姓であろうが、名と出発地、目的地を伝えれば問題なく通れる。回ってきている人相書きに合うか合わないかを調べる程度だ。

しかし出女は違う。徹底して調べられる。万々一女がいると気付かれたならば、滝川の名と身分は明かさない。どこまでも藩の妻女とする腹だった。

新宿を過ぎて、行列は成田街道に入った。空にはいくつか雲が浮いているが、上天気といっていい。どこからか小鳥の囀《さえず》りが聞こえてくる。

「彼方に、筑波山が見えます」

正紀は、御忍び駕籠に声をかけた。気を緩めることはできないが、滝川が再度遠路の旅をすることはない。叔母のことも気になるだろうが、風景や田圃の様子、村の者の暮らしぶりなども見せておきたかった。

江戸へ戻れば権力者だが、民の暮らしを思い起こすこともあるだろう。

歩みを進めて行くと、市川関所の建物が見えてきた。その先には、江戸川が流れている。中川よりも大きな川だ。

関所の手前には茶店などもあって、旅人の姿がうかがえた。多古藩の一行は関所での検めを済ませ、江戸川を渡る船に乗り込んでいた。ここでは手間取らずに、船の調達ができたらしかった。

関所の門柱は八寸柱を使っている。柿渋《かきしぶ》が塗られているのか暗い橙色《だいだいいろ》で、重厚な色調を漂わせていた。塀には忍び返しがつけられている。江戸口と成田口があり、門内には大番所《おおばんしょ》と足軽番所が建っていた。

通行する旅人を見張り、検めを行った。成田口を過ぎると、江戸川の渡船場となる。

江戸口の門近くまで来たところで、先に来ていた源之助と植村が姿を見せた。

「河鍋らの姿は見えません。すでに門内に入ったと思われます」

中川の渡船場ではしくじった。ここでは何かを仕掛けてくるのが明らかだ。しかしここで引き返すわけにはいかない。

「堂々と通り過ぎるまでだ」

正紀は言った。怯めばかえって怪しまれる。

行列が通ることは、すでに伝えられている。門前で、先頭の侍が馬から降りた。

「我らは、高岡藩井上家の行列である」

侍が、よく通る声で告げた。両脇にいた棒を手にした門番は、黙礼をした。担われている武具諸道具には、家紋の八つ鷹羽《やつたかのは》がつけられている。

そのまま通り過ぎて、大番所の前で行列は止まった。ここでは正国の駕籠脇にいた正紀が前に出た。

番所には番頭と添役、それに書記の一名がいた。壁には鉄砲や槍、弓などが並べて立て掛けられている。いつでも持ち出せるようになっていた。

足軽数名が、突棒《つくぼう》を手に番所の脇に立って、行列に目を向けている。何かあれば番頭の指図を受けて、突棒の先を不審者へ向ける。

「それがしは高岡藩物頭《ものがしら》中嶋元之助《なかじまもとのすけ》でござる」

正紀がまず名乗った。同道している藩士の名を使った。世子正紀はここにはいない。そして続けた。

「こちらが、高岡藩井上家当主正国の駕籠である」

正紀が告げると、三つの駕籠の戸が同時に開かれた。ただ三つのうち、御忍び駕籠はやや斜め後ろに下げて置いている。

滝川は、頭巾をつけたままだ。

「無事のお勤め、祝着《しゅうちゃく》に存じまする」

番頭は相手が大名なので、一応の敬意を示した。しかし通り一遍の言葉なのは明らかだ。通ってよいとはならなかった。

「訴えが参っておりまする」

あくまでも下手に出た物言いだが、疑う気持ちが向けてくる目の中にあった。

「ほう。どのような」

きたぞと思いながら、正紀は答えた。

「こちらのお行列には、江戸から出る許しを得ぬ、身分のある方が同道しているとのものでございます」

「ほう、面妖な」

正紀は大袈裟《おおげさ》に、驚くふりをした。咳払いを一つしてから続けた。

「当家はご老中から御暇の許しを受けての道中である。その行列に、胡乱《うろん》な者を加えるわけがない」

「さようには存じますが、訴えがあります以上、確かめをいたしたく存じまする」

番頭は三つ目の駕籠に目をやった。乗っている者が頭巾を被っていることに、不審を持ったらしかった。

「頭巾をお取りいただきたく、お願いいたします」

下手だが、執拗《しつよう》だ。

正紀は、あえて厳しい表情にした。

「確かめることに異存はない。お役目として、当然のことでござろう」

まずは、言い分を受け入れる言い方をした。行列の者は咳《しわぶき》の音一つさせず、やり取りに耳を傾けている。

一息吐いてから、問いかけをした。

「しかしその訴えは、どこの誰がしたものか。まずお答えをいただきたい。また胡乱な者がいるという証拠も聞かねばなるまい」

駕籠の戸は、すべて開けている。通常の行列で必要なことはすべてしていると告げた。

「されば、投げ文がありましたゆえ。そこには最後の御忍び駕籠に、江戸を出られぬ貴人ありとございました」

念のためだと言い添えた。

「投げ文だと。素性も分からぬそのようなものを、真《ま》に受けての検めか」

叱責に近い。

「これは当家藩士が、病ゆえのものだ。投げ文程度のことで、大名行列を怪しむというのか」

「…………」

ここで番頭はわずかに怯んだ表情を見せた。

「江戸を出られぬ貴人を行列に交えるなどという大事を、名を告げず訴えてきた。その方はそのような得体の知れぬ申し出を真に受けるのか。事実ならば、怖気《おじけ》ることはない。訴えた者もここへ姿を出して、存念を申すべきではないのか」

「そ、それは」

番頭は明らかに、慌てる様子になった。目が泳ぎ、腰が浮いている。

「我が当主は、御三家筆頭徳川宗睦様のご実弟であらせられる。もし何事もなかったならば、その方、ただでは済まぬぞ」

もはや物言いは脅しになった。得体の知れぬ者の訴状を、容易く受け入れてしまう点も責めていた。

「いや、それは」

声が掠れた。苦渋の顔だ。

「このまま通ることに、異存はなかろう」

正紀は、口調を緩めた。この程度で、収めてはどうかと提案したのである。

「ござりませぬ、どうぞお通りを」

「うむ。あい分かった。その方は、過ちを犯さずに済んだ。しかし投げ文をした者の見当は、つかぬのか」

「当たってみまする」

番頭は答えた。冷や汗をかかされた腹立ちもあるかもしれない。

投げ文をしたのは、河鍋らの中の誰かだ。しかし名を出すことはできない。河鍋や野崎の名を記せば、向こうにとっては藪蛇《やぶへび》だ。たとえ家臣であっても、この地にいることを穿鑿《せんさく》されれば、答えようがないだろう。

訴えの弱いところを、正紀は突いたのだった。

三つの駕籠の、戸が閉じられた。

「出発いたす」

正紀が声を上げると、駕籠は持ち上げられた。市川関所を、無事に通過できた。

関所の成田口を出ると、すぐに渡船場となる。多古藩一行を運んだ船が戻るのを待った。

江戸川には、たくさんの大小の荷船が行き来している。弁才船《べざいせん》の帆が、風で膨らんでいる。船着場で荷下ろしをする荷船の姿もあった。

「ご苦労でした」

関所を通過したことを伝えると、滝川の声が駕籠の中から聞こえた。正紀と番頭のやり取りは聞いていたはずだった。

渡河の船が揃って、高岡藩の行列も江戸川を渡った。武蔵《むさし》の国から下総の国へ入ったのである。

六

行列の本隊が市川関所にいた頃、青山と配下一名は、大和田宿にいた。江戸から成田詣でに来ると、ここに投宿する者が少なくない。宿場には、何軒かの旅籠や飲食をさせる店が並んでいた。

泊まり客を招くには、まだ間のある刻限だ。敷居を跨ぎ来意を伝えると、番頭が飛び出して来て頭を下げた。

「あいすみません」

いかにも恐縮した顔だった。

「どうした」

「千住宿で一泊した多古藩のお行列が、今夜急遽、当宿場にご逗留となりました」

行列は、殿様を除いて五十九人だという。大和田宿にはもう一軒本陣があるが、そちらは井桁屋よりも部屋数が少ない。宿場内には他に小さな旅籠もあるが、成田詣での旅人も宿泊する。

新たな五十九人が投宿するのは、厄介なことだ。

前から話を通している高岡藩が譲ることはない。事前の打ち合わせでは、井桁屋は高岡藩だけが貸し切りで使うことになっていた。番頭の口ぶりでは、何人か引き受けたいという話らしかった。

「一つ前か後の宿場を使うわけにはいかぬのか」

この数日、成田街道を使う行列は二家だけだ。千住宿で泊まったにしても、大和田宿に泊まることはあるまいというのが青山の考えだ。

「さようではありますが、そうもいきませぬようで」

一つ前は船橋宿で三里以上の距離がある。一つ先の臼井《うすい》宿は二里（約八キロ）先だ。行程を考えれば、大和田宿に泊まるのが妥当なところだ。多古藩では、そうしたいところだろう。

「まことに恐縮でございますが、離れ家の一部を使わせていただけませんでしょうか」

「それはならぬぞ。病を持つ当家の重臣が宿泊する。離れ家は、他の誰にも使わせぬという話であった」

もっとも譲れないところだ。常のときならばかまわない。しかし今回は特別だった。滝川の宿泊を見破られる虞《おそれ》があることは、少しでも避けなければならない。

藩の存亡にかかわる問題だ。

「よろしいのでは」

配下の者が言った。しかしその者は、事情を知らない。

「余計なことを申すな」

青山は叱りつけた。

「はあ、しかし多古藩の方もお困りで」

番頭は顔を曇らせた。そこへ多古藩中老の谷田貝孫大夫が姿を現した。急の宿泊ということで、中老自らが先発として出向いてきたらしかった。

「青山殿、此度はお世話になる」

わははと、気さくなふうで笑顔を見せた。藩邸に来たことがあるので、顔は知っていた。話などしたこともないが、高岡藩の宿割の名をすでに番頭から聞いていたものと思われた。

「割り込みとなるが、そこは何とか頼みたい。我が殿も、高岡藩には恩に着るであろう」

殿様を持ち出し、恩という言葉を使った。谷田貝はそれで、押し切るつもりらしかった。

「いや、しかし」

ここは断りたかった。けれども相手は、藩の中老だった。事情も分からなくはない。

気持ちが怯んで、つい強くは出られなかった。

渋る青山を見て、谷田貝は不機嫌な顔になった。

「当家では、高岡藩が道中で困っている折に、宿を譲ったことがござる。お忘れか」

「それは」

青山は、宿割を命じられた直後に、古いお国入りの綴りを検めた。そのときに、この記述があった。こちらの事情で行列が一日遅れ、大和田宿で多古藩から部屋を譲ってもらったのである。

谷田貝は、それを持ち出してきていた。こちらの弱いところだ。向こうは引かない。

「ならば仕方がない」

断腸の思いで頷いた。ただ離れ家へ他藩の者を入れるわけにはいかない。母屋の一部を譲ることで話をつけた。

ただこれで、井桁屋に他藩の者が出入りすることになる。厄介ではあった。

建物内を改めて見直し、できる限りこちらに都合のよい部屋を提供することにした。

街道に面した側だ。

「かたじけない」

谷田貝は、数を確保さえできればそれでいいらしかった。機嫌は直っていた。

青山は、用意してきた関札を立てさせた。高岡藩が占有する場を明らかにしたのである。

「宿内の乾物屋津久井《つくい》屋の主人がご挨拶に参りました」

縁のない商人だが、お国入りのお祝いをしたいという申し入れなので仕方がなく会うことにした。

「井上様は、ほぼ二十年ぶりのお国入りかと存じます。心よりお祝いを申し上げます」

中年の主人は、慇懃《いんぎん》な態度で頭を下げた。そして三方にうず高く盛られた干し椎茸《しいたけ》を差し出した。

「まことに些少《さしょう》ではございますが、ご献上いたしたく存じます」

見事な品で、安くはない。

「いや。そのような品は、当家では一切受け取らぬことにしておる。持ち帰るがよい」

青山はきっぱりと断った。

「どうぞお気兼ねなく。私の店では、井上様の当宿のご通過を心より喜んでおります」

「ならぬ。持ち帰れ。挨拶は受けた、それでよかろう」

乱暴にはならないように、しかし毅然《きぜん》とした口調で応じて帰らせた。

次には呉服屋の番頭が、白絹三反を持ってきた。そして旅の小物を扱う店の主人が、草鞋百足を献上品として青山の前に並べた。

「気持ちだけ受けるが、品は無用」

頑として譲らない口調で、すべて持ち帰らせた。

「受けてもよろしいのでは」

配下の者が言った。歓迎の意を示して持参した品だ。どれも役に立たないものではないから、青山の態度を不審に思ったのである。

「いや。献上品を受けたならば、そのままにはできぬ。見合った額の金品を、返礼として下賜せねばならぬ」

「受け取っただけでは、済まぬということでございますね」

「そうだ。献上とは表向きのことで、ていのいい押し売りだ。一つ受け取れば、次々にやって来るぞ」

返礼をしなければ、世情をわきまえぬ無粋な殿様となる。傲慢といった声にもなる。

「なるほど。宿場の商人も、したたかでございますな」

青山の言葉を受けて、配下の者はため息を吐いた。このことは、青山も初めから分かっていたわけではなかった。江戸を発つ前に、井尻から厳しく言われてのことだった。

「余分な出費は、一文でさえあってはならぬ」

高岡藩のお国入りは、ぎりぎりの金子でやっている。井尻の命に、青山は従ったのだった。

江戸川を越えた高岡藩の一行は、八幡宿へ入った。大和田宿まで四里半（約十八キロ）で、ここで昼食となった。市川宿と船橋宿に挟まれたこの宿場の規模は小さく、本陣も脇本陣もない。

宿場一番の旅籠を、正国の食事の場とした。多古藩は、次の船橋宿で昼食とするとか。

御忍び駕籠は、他の旅籠を使う。宿場の中心からやや離れている。

裏口から庭に入り、縁側の傍で滝川を駕籠から降ろした。建物は明らかに見劣りする。食べ物も家臣と同じ、麦交じりの玄米を握ったものだった。これに香の物がついているだけだ。

「不調法《ぶちょうほう》、お許しくださいませ」

「かまわぬ。そなたもここで食べよ」

正紀の言葉に、滝川は応じた。宿場町とはいっても、裏手へ回れば田や畑が広がっているばかり。その景色を眺めながら、二人で握り飯を食べた。

「村の者は、身なりにかまわずよく働くな」

「食うためでございます。先だっての飢饉の折は、このあたりも食するものがなく困窮したと聞きまする」

「そうか」

滝川は頷き、言葉を続ける。

「もう三月《みつき》もすると、田植えじゃな。そのさまを、見てみたいものじゃ」

宿場や村の様子に興味を持ったようだった。旗本の娘として生まれ育ち、そのまま大奥へ入った。代参などで城外へ出ることはあっても、駕籠の中から人払いをされた表通りを目にするだけの暮らしだった。

「土のにおい樹木のにおいは、胸に染みますぞ」

「まことに」

正紀も初めて江戸を出たときは、同じことを思った。高岡の治水工事に関わるときだった。

「江戸を出るのは、これが最初で最後となろう」

滝川は、感慨深げだった。

美味飽食の暮らしをしているはずだが、渡した握り飯は残さず食べた。さすがに美味いとは言わないが、新鮮には感じたのかもしれない。

滝川は、遠くの筑波の山に目をやった。

八幡宿には半刻もいないで、出立となった。裸の田の道を進んでゆく。正紀は、進む道筋に目を光らせる。今のところ、河鍋らの気配はうかがえなかった。

進んでゆく途中で、青山から多古藩の一部の者が同宿することになったとの言伝《ことづて》を得た。一日遅れと聞いたときから、こういうこともあろうかと覚悟はしていた。

「仕方がなかろう」

正国に伝えると、そういう返事があった。

船橋宿を越え、大和田宿へ入ったのはそろそろ夕暮れどきになる頃だった。すでに多古藩の行列は、本陣へ入っていた。

「力足らずとなりました」

現れた青山が頭を下げた。谷田貝とのやり取りの詳細を聞いた。谷田貝も必死だったと察せられた。

離れ家には、正紀たちと上士のみを入れた。御忍び駕籠を加えたときから、貴人を同道していることは伝えていた。

「何かあれば、我らがお守りいたす」

と応じた。

宿に着くと、一同はほっとした。しかし行列は行軍である以上、物見遊山の遠出とは異なる。

「酒は控えよ」

井尻が各部屋を廻った。飲みたい者は自腹で飲む。宿の者は儲けたいから、目立たぬように勧めてくる。

しかし明日も九つには目を覚まし、八つには支度触れの太鼓が鳴る。ほとんどの家臣たちが、暮れ六つには眠りに就いた。百姓たちも同様だ。暗いうちから歩き始めて、皆疲れている。

正紀は、念のため源之助と植村、堀内の三人に宿場内を巡らせた。しかし河鍋らの気配はうかがえなかった。

滝川の寝所と襖一つで繋がる隣室に正紀と源之助、廊下を隔てた部屋に植村と堀内が入った。交代で一夜見張りをする。

井桁屋の敷地内には、多古藩の侍も入った。関札を立てていても、暗くなると区別がつきにくくなる。敷地内は、もともと高岡藩士が交代で見回りをすることになっていた。

夜中正紀は、戸の外の微かな物音で目を覚ました。戸の隙間から目をやると、松明を手にした藩士の見回りだった。

正紀は外へ出た。夜陰に紛れて襲ってくることもないとはいえない。闇に目を凝らした。

禎之助あたりに忍び込まれて、滝川を押さえられたら一大事となる。刃物を首にでも当てられたら、こちらは身動きができない。

しかし何者かが潜んでいる気配は感じなかった。

空を見上げた。満天の星空だ。これは江戸で見るのと変わらない。

京と孝姫のことを考えた。

第五章　馬上の貴人

一

闇の中から、八つの支度触れの太鼓の音が響いてきた。離れ家の一室には、明かりが灯っている。

「変事は、ございませんでしたか」

「ない」

正紀の問いかけに、滝川の気合の入った声が返ってきた。無事にこのときを迎えられたのは幸いだった。

いよいよ今日は、酒々井宿で行列と分かれ、萩原村の有馬屋敷へ入る。

「昨夜は、何事もありませんでした。河鍋らは、あきらめたのでしょうか」

「いや、それはなかろう」

正紀は、植村の言葉に返した。しぶとい河鍋らが、市川関所で懲りるとは思えなかった。

滝川は、一人で身づくろいをした。侍女なしで朝を迎えるなど、もう何年もないに違いない。やや疲れ気味の表情は、熟睡ができなかったからか。とはいえ備わった美しさや品格は、まったく衰えていない。

「道中ご一緒できたこと、まことに幸いでございまする」

正国が離れ家まで足を運んで、挨拶をした。宗睦の実弟でも、一万石の小大名では大奥御年寄よりだいぶ格下になる。

行列となったら、もう顔を合わせることもない。

「うむ。世話になる」

正紀に見せるのとは違う、硬い表情で滝川は返した。御年寄の顔だった。

七つ、御供触れの太鼓が鳴った。今日は高岡藩が多古藩よりも先に大和田宿を出た。いよいよお国入りだ。印旛沼の南に広がる田圃を貫く街道を進む。

成田詣での旅人も、朝は早かった。

印旛沼は下総台地の中央に位置し、利根川の水が流れ込んでいる。増大する江戸の食糧事情を補う目的で、田沼意次《たぬまおきつぐ》は沼の干拓《かんたく》事業（新田開発）を進めた。しかし天明六年（一七八六）に大洪水があり、また田沼の失脚によって干拓事業は頓挫《とんざ》し、そのままになっていた。

萩原村はその印旛沼の北西に位置する。酒々井宿を出てから、印旛沼の北側を西に向かう道筋だ。

沼は目印になるが、どこへ行けば萩原村なのか詳しいことは分からない。ゆっくり手間をかけて探せばわけのないことかもしれないが、滝川に与えられた時間は限られていた。

今日中に会って、明日の朝には江戸へ引き返さなくてはならない。迷っている暇はなかった。

「酒々井宿で行列と分かれた後は、滝川様も我らも、道には不慣れな者ばかりでございます」

源之助に正紀は頷いた。印旛沼を目印にするだけでは辿り着けない。

滝川には、叔母と面会するときを少しでも長く与えたかった。

「案内の者を雇おう」

正紀は植村を呼び、酒々井宿へ向かわせることにした。

「土地に詳しい者を探しておけ」

「はっ」

夜明け前の道を、植村は先発した。

大和田宿を出た植村は、酒々井宿へ急いだ。四里半の道のりだ。途中、臼井宿と佐《さ》倉《くら》城下を通り過ぎる。

佐倉宿は堀田《ほった》家十一万石の城下町でもあり、江戸東方の要衝として栄えた。代々譜代大名が城主となった。様々な商家も並び、旅人だけでなく近郷からも人が集まった。町の中心になる通りには江戸に近い賑わいもあったが、植村は立ち止まることもなく通り過ぎた。

そして四つ(午前十時)になる前に、酒々井宿へ着いた。

ここの宿場は四つの町からなり、中心になるのは仲宿《なかじゅく》だと聞いた。仲宿には問屋場があった。

ここで荷の引き継ぎをする。荷運びを終えた馬が、水を飲んでいた。積み替えられた荷を背に、違う馬が次の宿場へ向かって行く。客を待つ空駕籠が停まっている。活気のある宿場だった。

植村はまず、煙草《たばこ》を吹かしている中年の馬子《まご》に声をかけた。

「萩原村への道に詳しい者はおらぬか」

「さあ。その村は、いってえどこにあるんですかい」

と返された。そこで他の馬子に問いかけた。次の馬子は村の名こそ知っていたが、詳しいというわけではなかった。行ったこともない。

しかしやり取りを聞いていた他の馬子が、声をかけてきた。

「そこは、おれの生まれ在所だ」

と言った。訊くと、有馬屋敷も知っていた。

「では、昼過ぎから我らの駕籠を案内してもらえぬか。手間賃は払うぞ」

ほっとした気持ちで告げたが、相手は首を横に振った。

「行ってやりてえが、飯を食った後はこの先の寺台《てらだい》宿へ行かなくちゃあならねえ。明日ならいいぜ」

これでは話にならない。

他に萩原村出の者がいないかと訊いたが、知らないと返された。ただ知っている者はいるだろうと言われたので、続けて探すことにした。

馬子だけではなく、客待ちをしている駕籠舁《か》きや宿場の者にも尋ねた。萩原村を知っていても、同道してもらえるとは限らない。今すぐならいいと言う者もいたが、それも意味がなかった。

半刻ばかり声をかけ続けたが、都合のいい者は現れなかった。

「印旛沼に出て、水辺を進めばいい」

と告げる者はいたが、沼は大きい上に村は岸辺からやや離れているとか。行き過ぎて迷う虞《おそれ》がある。やはり案内人が欲しかった。

「このままでは、行列が着いてしまうぞ」

焦り始めたところで、声をかけられた。

「旦那」

人足ふうの、初老の男だった。金壺眼《かなつぼまなこ》で、鼠《ねずみ》を思わせる尖った口をしていた。

「萩原村でしたら、あっしがご案内をしやすぜ」

近くの村の生まれだという。今日は、昼からの仕事はないそうな。他の者とする話が耳に入ったので、声をかけたのだとか。

「おお、そうか」

植村は胸を撫で下ろした。

高岡藩の行列は、臼井宿を過ぎて佐倉城下へ入った。繁華な町中を行列で通る。町の者が、道を空けた。

「しっかり歩け。物珍しそうな目をするな。侮《あなど》られるぞ」

河島が行列の百姓たちに声をかけた。二日目になって慣れてきた。気持ちの緩みを警戒したのである。

滝川の存在も大きいが、高岡藩の存在を示しての行列をつつがなく進めることも目付役の河島にとっては大事な役目だった。

城下に入る前に、青山は行列から離れて町奉行の佐倉藩士檜原惣兵衛《ひのはらそうべえ》に通行の連絡をしに行った。勝手に通り過ぎるわけにはいかない。

戻って来た青山は告げた。

「奉行の檜原殿は、奉行所門前で当家に対し表敬の挨拶をいたしたいとのことでございます」

丁寧な話で、断る理由はない。

正国は駕籠の戸を開ける。しかし降りない。相手は町奉行とはいえ、他家の家臣だ。格としては、正国の方が上だ。

「また禎之助らが、何か仕掛けてくるかもしれませんね」

源之助の言葉に正紀が頷く。何よりも、それが面倒だ。

「警戒はいたさねばなるまい。もし現れたならば、狼藉者として捕らえるか追い払うまでだ」

三つの駕籠はすべて戸を開けるが、滝川は頭巾を取らない。病の重臣として顔を隠す。

「関所ではないゆえ、何かを言うことはあるまい」

正国が言った。

町奉行所の前で、行列が止まる。奉行は門前に立っていた。駕籠の戸が開けられる。

檜原は三つの駕籠に目をやり、それから正国に挨拶をした。

「ご無事の通行、祝着に存じます」

御忍び駕籠のことは口にしない。一瞥《いちべつ》を寄こしただけだ。

禎之助らが、近くにいる気配はなかった。仮に怪し気な者が現れれば、正紀らはすぐに動く態勢を整えていた。町奉行所の者ではなく、こちらで対処する。

何事も起こらぬまま、行列は佐倉城下を離れた。

「やつらは次に、何を仕掛けてくるのでしょうか」

源之助が周囲に警戒の目を向けながら言った。

街道の先に、建物が見えてきた。とりあえずの目的地である酒々井宿だ。とうとうここまで来たか、という思いが湧いた。

宿場に入ると、一行はここの本陣で昼食となる。御忍び駕籠は、建物の裏手に回って、別室で食事をとる。

そして高岡藩の行列と別れる。

植村が、道案内の人足ふうの男を連れてきた。問屋場で、荷の積み替えをする者だそうな。

「お任せくだせえやし」

頭を下げた。喜助《きすけ》だと名乗った。どこかおどおどしているようにも見えたが、それは大勢の侍がいるからか。

「その方の生まれ在所はどこか」

「中根《なかね》村でごぜえやす」

萩原村の隣村だと、植村が補った。行列を待っている間に、訊いたようだ。頼むことに異存はなかった。

昼食が済んで、高岡藩の行列は整列をした。滝川も御忍び駕籠に乗ったが、誰に断ることもなく、歩み出す方向を変えた。

正紀を中心に、源之助と植村、堀内が警護につく。駕籠を担うのは、中彦と小浮村の百姓だ。

「こちらです」

一行は、街道とは違う道に入った。行列が、少しずつ小さくなってゆく。

二

喜助という男を先頭に、御忍び駕籠と正紀ら警護の四人は、脇街道を歩いて行く。人の通行は、めっきり少なくなった。

喜助は、どこかおどおどしているが、この土地の者らしいことを口にした。

「田沼様がそのままご公儀の偉い人でいたら、新田は広がったと思いやす。そしたら、酒々井宿は、きっともっと栄えたんじゃねえでしょうか」

特に天明の飢饉の折は、人足仕事もなくなって苦しかった。村の娘が売られた。新しい田が拓ければ、村の暮らしも少しは救われただろうと話した。

先の飢饉は、高岡藩も凶作で苦しんだ。一揆も起こった。そういう話を、滝川はどのような心持ちで聞いているのかと正紀は思った。

「萩原村へは、あとどれほどで着くのか」

正紀が問いかけた。

「一刻も歩けば着きますぜ。あのあたりに、沼があります」

喜助は前方を指差した。農家の向こうに林がある。その先だと付け足した。しかし歩いている道からは、沼は見えない。どこを歩いているかは分からなかった。人気のない土ばかりの田圃が、あたりに広がっている。

行列からは離れたので、御忍び駕籠を守る人員は少なくなった。何か企みをしてくるならば、これからだと正紀は踏んでいた。襲ってくるならば、いつでも戦う覚悟だ。

半刻ほど歩いた。その間、印旛沼は一度も見えなかった。

「本当に、沼があるのか」

植村が、痺《しび》れを切らしたように言った。堀内も首を傾げた。

「へ、へい。ちょっとあっちへ行けばありますけどねえ。そうなると萩原村へは回り道になりやすんで」

正紀は誰かにつけられていないかと折々目をやるが、その気配はない。ただ一度も印旛沼を見ないのは腑に落ちなかった。

さらに四半刻ほど歩くと、樹木の繁る小高い丘に挟まれた道に出た。

「そろそろではないか」

「へえ、もう少しで」

源之助の問いかけに、喜助は答えた。しかし落ち着かない様子だった。

「すいやせん。ちと、用を足さしてくだせえ」

腰を揺すった。頷くと、近くにあった百姓の家へ駆け込んで行った。

「仕方のないやつだ」

植村が笑った。すぐに戻ってくると思ったが、なかなか姿を見せない。

「ちと遅くはないか。おれが用足しついでに見に行こう」

正紀が植村を伴って百姓家へ様子を見に行くと、子守りをしている婆さんがいた。

「その人ならば、そこの丘の道へ駆けていきましたよ」

人足は用など足していなかった。

「やられた」

と思った。

「萩原村は、この近くか」

正紀は老婆に訊いた。

「いえ、ここからは二里ほどあります」

「では印旛沼は」

「だいぶあります」

とんでもない話だ。目指す村は、丘のはるか向こうだった。こうなると、ここにいることとさえ危ない。

老婆に萩原村まで案内してくれないかと頼んだが、足が悪いので遠出はできないと断られた。他に家の者はいない。仕方がないので、道だけ訊いた。

「も、申し訳ありません」

植村が地べたに両手をついた。とんでもないことをしてしまったという顔だ。しかしここで謝られても始まらない。

「立ち上がれ。ここを離れるぞ」

正紀は植村を怒鳴りつけた。二人は御忍び駕籠まで戻った。

「してやられました。目指す村ではありませぬ」

正紀は滝川に声をかけると、すぐに御忍び駕籠を担わせた。やって来た道を戻り始める。

だがそこへ、十人ばかりの浪人者や破落戸《ごろつき》といった風体の者が現れ、行く手を遮った。破落戸たちは、棍棒《こんぼう》を手にしている。長脇差の者もいた。数を頼んでいるからか、侍を怖れていない。

三十半ばとおぼしい長身の浪人者が、前に出てきた。

「その駕籠を、中身ごといただきたい」

「河鍋に雇われたか」

正紀が返した。

浪人者は返事をしない。黙って刀を抜いた。これに合わせて、他の者も棍棒を構え、刀や長脇差を抜いた。数では相手の方が多い。皆、意気込んでいた。

正紀たち四人も刀を抜いた。正紀は中彦らと駕籠を守る体勢を取った。

「やっ」

長身の浪人者が、源之助に斬りかかった。勢いのついた一撃だ。源之助は躱しながら前に出た。

植村や堀内にも一斉に斬りかかってくる。

駕籠を狙ってきたのは、浪人者と破落戸の二人だった。先頭の男は、中彦を長脇差で突こうとした。素早い身ごなしだ。喧嘩剣法だが、動きに無駄がない。あっという間に距離を縮めていた。

中彦を殺す気だ。

正紀は利き足を踏みしめ、思い切り踏み込んだ。躊躇わず一撃を繰り出した。中彦を死なせてなるものか。

迫っていた刀身を上に払い、そのまま前に突き出した。

「わあっ」

絶叫が上がった。長脇差を握った破落戸の右腕が、血飛沫《ちしぶき》を上げながら宙を飛んでいた。

片腕をなくした破落戸は、地べたに転がった。

正紀は動きを止めない。駕籠に手をかけようとしていた浪人者の肩に斬りつけた。

相手は一度は躱したが、次の打ち込みにはなすすべがなかった。動きの速さでは、正紀の敵ではなかった。

「ううっ」

右の二の腕を斬られて、刀を落とした。顔が苦痛に歪んでいる。

「くっ、くそっ」

瞬く間に二人が討たれて、周りの男たちは逆上した。正紀の周りに集まった。一斉に切っ先を向けてきた。

このとき樹木の間から、深編笠の侍が二人、御忍び駕籠に駆け寄って来た。中彦らに斬りつけ、避けた隙に駕籠を担った。そのまま立ち去ろうとしている。

「おのれっ」

追おうとするが、浪人者の一人が斬りかかってきた。気合の入った一撃だ。中彦らには、棍棒の破落戸が襲いかかっている。

「とうっ」

やむを得ず、正紀は目の前に突き出された浪人者の刀身を横に払った。気迫はあったが、相手の動きには柔軟さがなかった。脇に回り込んだ正紀の動きに、ついてこられなかった。一気に胴を払った。

手応えがあった。正紀は飛ぶ血を避けて、そのまま前に踏み出した。一対一ならば、相手はたいした腕ではない。

もう一人、長脇差を構えた破落戸が刀身を向けていた。

「その方も、斬られたいか」

正紀は怒りを滾《たぎ》らせ睨みつけた。血がこびりついた刀を破落戸に向けた。

「ううっ」

破落戸は怯えた。呻き声を上げて逃げ出した。

正紀は血刀を懐紙で拭うと鞘に納め、去っていった駕籠を追った。しかしこのあたりは、いくつもの高低のある丘が連なっていた。高木だけでなく、常緑の灌木《かんぼく》も繁っている。見晴らしが極めて悪かった。

「捜しましょう」

賊を斬り倒した源之助も、駆け寄って来た。周辺を走って捜したが、駕籠は見えなかった。

見通しの悪いこの場所を、河鍋らは選んだのだ。

正紀は襲われた場所に戻った。四人が地べたに倒れている。腕を失って呻いている者もいたが、ぴくりとも動かない者もあった。

植村と堀内が、三人を捕らえた。すでに縛り上げていた。

「駕籠をどこへ運んだ」

浪人者の喉首に、切っ先を向けて正紀は告げた。答えなければ、そのまま刺すつもりだった。滝川を攫《さら》われて、正紀は荒ぶっている。こいつらは屑《くず》だと憤《いきどお》っていた。

「わ、分からぬ。我らは、駕籠を襲えと命じられただけだ」

銭で雇われただけだと言っていた。

「襲撃を命じた者はどこにいる」

「酒々井宿で、声掛けをされた。襲う前までは、一緒だった」

名などは分からない。深編笠を被った四人の侍だったという。

「やはり河鍋らです。駕籠を担ったのは禎之助と野崎の家来ですね」

憤怒《ふんぬ》の声で源之助は言った。すべての者に問い質したが、駕籠をどこに運んだか分かる者はいなかった。

「では、あの駕籠に誰が乗っていたか、知らされたか」

「いや。それも聞かなかった」

しょせんは銭が欲しいだけの烏合《うごう》の衆だ。駕籠の人物など、どうでもよかったのだろう。その点では、幸いだった。

「すぐには殺すまい。奪い返そう」

河鍋らが欲しいのは、滝川の命ではない。役立たせることだ。

捕らえた三人のうち、このあたりが生まれ在所だという者がいた。宿場で駕籠舁きをしている者だ。

「捜すのに付き合え。捜し出せたら、そのまま逃がしてやる。たばかりを申したら、あやつのように片腕をなくすぞ」

正紀は脅した。他の者たちは、このままにして村に処分を任せることにした。

三

「駕籠を運んで行くのに、恰好な場所はあるか」

「それならば、半里（約二キロ）ほどのところに、無人の祠《ほこら》があります」

正紀の問いに、駕籠舁きが答えた。とりあえず押し込めておくのには、都合のいい場所らしかった。

「よし」

案内をさせて、正紀と源之助、植村と堀内は走った。中彦らもついてくる。

滝川は、怖れと不安の中にいるだろう。少しでも早く奪い返したい。

「あれです」

指差した先に、朽ちかけた祠があった。人が二人か三人、やっと入れる程度の建物である。傾いた鳥居が、今にも崩れそうだ。

しかし人の気配はなかった。戸を開けても、埃が積もっているだけだった。

「他にはどうだ」

「印旛沼の畔《ほとり》に、洞穴《ほらあな》があります」

　ここも一時隠しておくだけならば、使えそうだった。四半刻近く走った。ここで初めて、印旛沼が眼前に広がった。

　傾き始めた日が、穏やかな水面を照らしていた。釣りをしている舟があり、沼の対岸にある百姓家が小さく見えた。

　洞穴の入口は、大人が屈み込まなければ入れない大きさだった。しんとしている。中に入ると、畳十畳分くらいの広さがあった。

「いませんね」

　堀内が、失望の声を上げた。

「どこかで殺されてしまったのでしょうか」

　植村が震える声を出した。自分が、とんでもない案内人を連れて来てしまった。その責を感じているのだ。巨漢で走るのは得意ではないが、汗まみれになってついてきた。

「殺すなど、あり得ない。縁起でもないことを言うな」

　正紀は叱りつけた。喜助が何者か、調べが足りなかったのは明らかだ。しかし今は、それを責めているときではなかった。

「どこへ運んだと考えられるか」

もう一度練り直すことにした。慌てて闇雲《やみくも》に走っても、ときが過ぎるばかりだ。

「向こうにしたら、どこかへ閉じ込めておく意味はないかと存じます」

源之助の言葉に、一同は頷いた。河鍋らは、身代金を奪おうとしているわけではなかった。

滝川が江戸から出たこと、その手引きを高岡藩がしたことを明らかにすれば、それで目的を達する。

「ではどこへ運ぶか」

「江戸までというのは、ないでしょう」

「酒々井宿か佐倉城下ではないでしょうか」

堀内と源之助が答えた。

「うむ」

どちらが効果的か。向こうの立場になって考えた。一番目立つ形で、滝川の存在を明らかにしたいところだろう。

「佐倉城下では、町奉行檜原惣兵衛殿の表敬を受けました」

源之助が言った。

「そうであったな」

「行列に御忍び駕籠があったことを、町奉行あるいはあの場にいた者は、覚えているのではないでしょうか」

「なるほど」

正紀だけでなく、植村や堀内も頷いた。今日の昼前の出来事だ。あの光景を、河鍋や野崎らは、どこかで見ていたことだろう。酒々井宿では昼食をとったが、御忍び駕籠が目立つ場面はなかった。

「そういえば」

駕籠舁きが言った。一同が目を向ける。

「このあたりから、酒々井宿を通らず、佐倉城下へ出る道はないかと尋ねられました」

「教えたのだな」

「へえ」

「よし。その道を辿ろう」

他の選択肢はないと考えた。城下へ着く前に、追いつかなくてはならない。

「向こうは、慣れない駕籠を担っての移動です。必ず追いつけますよ」

植村が初めて目を輝かせた。

「少しでも速い方がいい」

やや離れたところに、百姓家の集落があった。馬小屋も見えた。

「よし。あれを借りよう」

正紀らは、百姓家へ駆け込んだ。農耕用の馬でも、人の足よりははるかに速い。

集落には、三頭の馬がいた。しばらく貸して欲しいと頼んだ。百姓は初め渋ったが、駄賃を渡し中彦ともう一人が残ることで納得した。

一頭に正紀、次の馬に植村と道案内の駕籠舁き、そしてもう一頭に源之助と堀内が跨がった。

「行くぞ」

馬腹《ばふく》を蹴ると、三頭は走り出した。先頭は、案内役が乗る植村の馬だ。すぐに印旛沼の水際に出て、しばらく走ってから脇街道に出た。水辺から離れて、田の道を駆けた。

日が西の空に落ちてゆく。それでもまだ、夕暮れには間があった。

四半刻ほど走ったところで、向こうから行商らしい旅人が歩いてきた。馬を止めて、声をかけた。

「御忍び駕籠を担った深編笠の侍を見かけなかったか」

「ああ。それならば、しばらく前に」

すれ違ったという。この道は、佐倉城下に繋がる道だった。一同は顔を見合わせた。

再び馬を走らせた。

さらに四半刻近く走った。

「おおっ」

数丁先に御忍び駕籠が見えた。担っているのは雇った人足らしく、これに四人の深編笠の侍がついていた。彼方に城が見えたが、周囲は田圃だった。人家も離れたところに点在するばかりだ。

「待てっ」

ついに御忍び駕籠に追いついた。正紀ら四人は、馬から飛び降りた。話して駕籠を返す相手ではない。刀で決着をつけるしかなかった。

向こうも、馬蹄音《ばていおん》には気付いていた。立ち止まり、深編笠の四人は身構えていた。

四人ずつが向かい合ったときには、どちらも刀を抜いていた。駕籠を担っていた人足と案内してきた男は逃げ出した。

相手の四人は深編笠を取った。

「駕籠の中は、とてつもない貴人だ。高岡藩は、とんでもないことをしたな。これでお取り潰しは間違いない」

河鍋が勝ち誇ったように言った。

「いや。駕籠はお返しいただく。駕籠さえこちらにあれば、その方らが何を言おうと通らぬ。しかもその方らは、江戸から出られぬ身の上だ」

「うるさい。きさまも同じだ」

河鍋が、正紀に斬りかかってきた。他の者も刀を振りかぶった。複数の金属音が、あたりに響いた。

正紀は斜めに振り下ろされた刀身を横に払いながら、河鍋の体の脇に回り込んだ。返す刀で肘を狙うには都合がよかった。これでいけると思った矢先、突き出した切っ先が空を突いた。

相手の肘が、目の前から消えていた。

風が動いている。気が付いたときには、河鍋は正面にいて喉を突く一撃が迫ってきていた。

揺るがない切っ先の動きだ。引いては逃げられない。

斜め前に出ながら、刀身を撥ね上げた。寸刻でも遅れたら、突かれるところだった。

だが河鍋の動きは、それでは止まらなかった。回転した切っ先が、今度は首筋を襲ってきた。至近の距離からだ。

正紀は払いながら、刀身を前に押した。このままでは、受け身に回るばかりだ。

しかし河鍋は巧者だった。押された力を利用して引き、刀身を外した。こちらは力を入れていたから、前のめりになっている。

「たあっ」

二の腕を裁《た》つ刀身の動きだ。正紀は身を横に跳ばし、刀身で切っ先を払った。しかししぶとい相手の切っ先は、こちらの肘を掠った。

浅手だから、痛さは感じない。ただわずかに血が散った。

体がすれ違い、二つの体は離れた。そして再び向かい合った。

正紀は休まない。相手はしたたかだ。先手を許すと、そのまま攻め続けられる。

「とうっ」

まずは相手の脳天を狙う一撃だ。けれどもこれが払われるのは分かっていた。問題は、その後の動きだ。

河鍋は払った刀で、こちらの腕を狙ってくると踏んだ。ちらと見えた足の動きが、それを表している。正紀は払われた刀で、もう一度脳天を狙った。

相手はこちらの二の腕を斬ることができる。しかしこちらの刀は、河鍋の脳天を裁ち割ることになる。

当然、向こうは受ける形になった。急な動きだから、微かなぶれが体にあった。その隙を逃さない。

「やっ」

脳天を外し、斜めに肩から袈裟《けさ》に振り下ろした。

「うわっ」

一瞬、声が響いた。正紀の掌《てのひら》に、胸の肉と骨を裁ち割った手応えが残っていた。正紀は横に跳んだ。河鍋は体を硬直させて前に倒れた。

ぴくりとも動かない。

殺すつもりはなかった。しかし少しでも手加減をしたら、こちらがやられていた。腕は、向こうの方が上だったかもしれない。やっとの勝負だった。

周りに目をやる。源之助は禎之助と対峙《たいじ》していた。堀内は野崎、植村の相手は野崎の家来だった。

植村が押されている。巨漢でも、動きが遅い。防御がやっとだった。

正紀が駆け寄る。野崎の家来は、一太刀浴びせようとしたところで気が付き、顔を向けた。しかしそれは、植村からすれば隙になった。

「とう」

植村の一撃が、相手の脳天を砕いた。野崎の家来の体が、地べたに崩れ落ちた。

このとき、絶叫が上がった。禎之助が源之助に斬られたところだった。源之助は滝のような汗を流し、息を切らしていた。難敵だったのは明らかだ。

堀内もほぼ互角の戦いだったが、他の三人が倒されて野崎は動揺したらしかった。集中が切れて動きが大きくなった。力任せの無駄な動きが見えた。そこに隙が生まれた。

「やあっ」

堀内の一撃が、野崎の腹を裁ち割った。

御忍び駕籠を奪った四人が、脇街道に斃《たお》れた。

四

西日が、黄色味を帯び始めていた。納刀した正紀は、御忍び駕籠に近づいた。戸を開けると、猿轡《さるぐつわ》をかまされ手足を縛られた滝川が乗っていた。正紀は、すぐに縛《いまし》めを解いた。

「怖い目に、遭わせてしまいました」

正紀は頭を下げた。他の者も、片膝《かたひざ》をついて頭を下げた。

「いや。よく追いかけてくれた」

滝川はあくまでも気丈だった。

萩原村へ急がなくてはならない。駕籠ではいつになるか分からない。

「馬に乗っていただきます」

とりあえず、印旛沼まで出る。そこで萩原村の場所を訊くことにした。これが一番確かで早い。すでに邪魔をする者はいなくなった。薄闇で頭巾を被っていれば、姿を見た者がいたとしても、女だとは分からないはずだった。

「その方らは、駕籠を担って後から参れ」

「はっ」

河鍋らの骸《むくろ》は、そのままにする。刃を向けてきた者ではあるが、一同は瞑目《めいもく》し両手を合わせた。

そして正紀は、馬に跨がった。植村が地べたに膝をついて台になり、滝川を跨がらせた。

「馬は初めてですか」

「いかにも」

わずかに怖がる声だった。

「しっかりおつかまりください。そうでなければ、振り落とされます」

正紀の腰に、滝川は手を添えた。

馬腹を蹴ると、馬は飛び出した。西日が眩しいが、今となっては怖れるものはなかった。

馬は疾走《しっそう》する。滝川を有馬屋敷まで届けるだけだ。

滝川はその勢いに驚き慌てたらしかった。正紀の体に身を寄せ、しがみついてきた。

速度を緩めろとは言わない。振り落とされまいと必死にしがみつく気持ちは、早く叔母に逢いたいという願いに繋がる。

そして正紀には、滝川の体の温もりと一途さが伝わってきた。

正紀を信じ、身を任せてきている女。それは二回り近くも歳が上で、大奥で権力を揮う御年寄ではない。一人の願いを持った可憐《かれん》な女として、同じ馬上にいた。

自分が守り、願いを叶えてやらなくてはならない女子だ。少しでも早く、思う人に会わせてやりたい。正紀は馬腹を蹴った。

印旛沼の水辺に着いた。近くの農家で、萩原村の場所を尋ねた。半里ほど先だ。聳《そび》えるような椎《しい》の木が二本立っている。その手前の道を入れば、間もなく萩原村だと教えられた。

「もうすぐですぞ」

正紀は再び勢いをつけた。馬体が揺れる。滝川が身を寄せた。今度は体だけでなく、顔も背中に押しつけてきたのが分かった。

一刻も早く叔母に会わせてやりたいが、それ以外の気持ちもあった。

「このまま、いつまでも走っていたい」

しかしそれはできないことだった。

沈んでゆく夕日の中に、聳え立つ二本の椎の木が見えた。その手前の道に馬は入った。集落が現れた。

有馬屋敷はすぐに分かった。一番大きな屋敷だ。

日が落ちる前に、開かれている長屋門の中に入った。訪ねることは、事前に知らせていた。

玄関前で、正紀は滝川の手を取って馬から降ろした。目と目が合った。

「忘れぬ」

滝川は一言そう口にして、玄関の中に駆け込んだ。正紀も馬から降りた。

「おお、よく来てくれた」

主人とおぼしい老武士が、姿を現した。濯ぎが運ばれた。足を洗うと、滝川はすぐに上がり、奥の部屋へ案内された。

「どうぞ」

正紀にも、濯ぎの水が出された。

「奥方様のお加減はいかがか」

女中に問いかけた。

「病は重いですが、お越しになるのをお待ちかねのご様子でした」

意識はあるようなので、正紀は胸を撫で下ろした。役目を半分までは果たせたと感じた。

対面の様子は、正紀には分からない。どのような話をするのか。

幼き日に、寝込んだ枕元で叔母多栄が看取ってくれたとか。滝川はそれで安堵し、こじらせていた風邪が治った。

今度は、滝川が看取る番になる。それで気が済むならば、わざわざここまで来た甲斐があったといっていいだろう。

深夜になって、御忍び駕籠を携えた源之助らが有馬屋敷に着いた。

翌未明、滝川は身支度《みじたく》を整えて、有馬家の玄関先に立った。御忍び駕籠は、式台前に用意されていた。

「お話はできましたか」

正紀が尋ねた。

「叔母上は、わらわの顔を見て頷かれた。安堵の笑みを浮かべてくださった」

満足な会話などできなかったのかもしれない。そのまま眠りに就いたと付け加えた。

「今朝は」

「静かに、お休みであった」

だとすれば、わずかな対面だったことになる。しかし滝川の顔には、喜びがあった。

「叔母上の手の温もりが、この手に残っておる」

右の手をかざした。

「それは何より」

わざわざ危険を冒してやって来た。それで気持ちが済んだのならば、正紀にとっても喜びだった。

「駕籠のご用意ができております」

「駕籠などいつでも乗れる」

滝川は自ら馬に跨がった。轡は正紀が取った。もう二人で乗ることはない。

「出立」

源之助が声を上げた。有馬家の者に見送られて、一行は屋敷を出た。

途中馬を返してからは、申彦と百姓が滝川の乗る御忍び駕籠を担った。正紀ら四人は、深編笠を被った。

酒々井宿から、成田街道に入った。往路では、人の動きに気を配りながら進んだ。しかし復路では、その気がかりはなくなった。

「河鍋らの遺体はどうなったのでござろうか」

「気付いた村の者が、無縁仏として始末をするのではなかろうか」

植村と源之助が話していた。

往路では、大和田宿泊まりだった。しかし帰路では大和田宿から三里以上足を延ばして、船橋宿泊まりとした。先を急いだのである。

滝川がお城に入る刻限は定められている。万全を期した。

そして翌朝も、七つ立ちだった。

八幡宿で休憩をした。駕籠から降りた滝川は、宿場の様子や行き過ぎる旅人に目をやった。ようやく明るくなったが、街道の一日はすでに始まっている。

「目指す旅の先には、誰かが待っているのであろうな」

そんなことを呟いた。

次は市川宿の先で駕籠を止めた。江戸川が行く手を遮っている。渡河の船を待って、正紀と滝川は岸辺に立った。

江戸川は、穏やかに流れていく。弁才船の帆が、光を受けて眩しい。

「いろいろなことがあったが、旅は楽しいぞ」

川面に目をやりながら、滝川が言った。

「それは何よりで」

「しかしもう、こういうことは二度とあるまいな」

「はあ」

「馬にも乗ったぞ」

正紀には顔を向けず、どこか恥じらう口調だった。

「いかにも」

疾駆《しっく》する馬上でしがみついてきたときの、体の温もりと感触が、正紀の背中に蘇《よみがえ》った。

滝川は川の流れに目をやっていた。穏やかで気張ることのない横顔や姿が、たいそう愛おしいものに感じられて、正紀は慌てた。

滝川は、どのような気持ちで馬上のことを思い出したのだろうか……。

渡河の船がやって来た。滝川は駕籠から降りたまま、船に乗った。

市川関所では、行きと同じように滝川を駕籠に入れた。植村が高岡藩お国入りの帰りだと告げて、同行の者の名を挙げた。一人分は、ここにはいない者だ。

「通られよ」

問題なく通過できた。

そのまま街道を進んでゆく。昼下がりには、江戸麴町の滝川の実家に送り届けることができた。

「世話になった」

「ははっ」

「得難い、思い出となった」

駕籠から降りたとき、滝川は言った。しかしそれ以上の言葉はなく、式台から屋敷の中へ入って行った。

その後ろ姿は、旅の途中のものではなく、すっかり大奥御年寄のそれに戻っていた。

五

高岡藩上屋敷に正紀は戻った。西日が長屋門を照らしている。行列で江戸を発ったのは先一昨日《さきおととい》の未明だが、ずいぶん長旅をしてきたように感じた。

正紀は早速、留守居役をした佐名木に旅での詳細を伝えた。

「お疲れ様でございました」

とねぎらった上で、佐名木は河鍋と野崎について触れた。

「たとえ無役とはいえ、勤番者が勝手に江戸を出るのはご法度です。河鍋は白河藩内では、よほど追い詰められていたのだと思われます」

「いかにも。野崎も、今のままでは、先がないと感じたのであろう」

「それにしても、江戸を出られない貴人がお国入りの行列に交じっていると気付いたのは、たいしたものでございます」

「うむ。それが滝川様だと、どうやら分かっていたらしい。どのような手立てで知ったか、今となっては質すべもないが、向こうも必死だったのであろう」

河鍋家と野崎家がどうなるかは、白河藩とご公儀が決めることになる。

それから正紀は、京の部屋へ行った。襖を開けると、よちよち歩きの孝姫が抱きついてきた。

「おお、よしよし」

抱き上げる。ふわりと軽いが、それでも前よりは重くなっている気がする。幼子の成長は早い。頰ずりをした。

しばしあやしてから、京に道中の一部始終を伝えた。ただ滝川を馬に乗せたときに感じたこと、道中でそれを話題にしたことについては、触れなかった。

京に隠し事をしたことはない。だからわずかな後ろめたさはあった。これが、滝川と自分だけの秘め事だと思うからだった。

「よろしゅうございましたね」

役目を果たせたことを、二人で喜んだ。京の力添えもあった。

「二人でおったとき、滝川様は何か話をなされたか」

気になっていたことを尋ねた。

「正紀さまは優しいかと、お尋ねになりました」

「そうか。それで何と答えたのか」

「はい、と申しました」

京はそれで少しばかり白けた顔になったが、袱紗《ふくさ》に包まれた品を差し出した。開くと、艶やかな螺鈿《らでん》細工の簪《かんざし》だった。

「私にくださいました。お気配りだと存じます」

「そうか」

気位の高い傲慢な女だと思っていたが、この数日で滝川に対する正紀の感じ方は大きく変わっていた。

そして暮れ六つ過ぎになって、滝川が無事に城内へ入ったとの知らせが高岡藩上屋敷に届いた。

申彦らには、明日、駄賃と江戸の土産を持たせて高岡へ帰らせる。

「それにしても滝川様とは、どのような方で」

貴人というだけで、知らないのは当然だ。

「萩原村のことは、なかったことにしてくれ」

正紀は頼んだ。

尾張藩上屋敷と今尾藩上屋敷には、無事にことが済んだ知らせだけを送った。

その日のうちに、高岡から正国の行列が無事にお国入りをしたとの知らせが届いた。

「何よりのことでございます」

正紀と佐名木は、胸を撫で下ろした。藩の政を担う者として、藩主のお国入りが無事に済んだ知らせは、何よりも大事だった。

「しかし半年後の八月には、参府があるぞ」

「そうではありますが、此度ほどはかかりませぬ」

佐名木の言葉を信じたい正紀だった。


二日後、正紀は市ヶ谷の尾張藩上屋敷へ出向いた。お国入りと滝川の件について、宗睦と睦群に詳細を伝えるためにである。

「またしても、危ないところであったな」

「ははっ」

「その方はいつも、ぎりぎりのところでことをなす」

宗睦は苦笑いをした。

「冷や冷やしたぞ」

これは睦群だ。

「白河藩内では、河鍋は行方知れずになったということで、慌てて捜しているらしい」

宗睦が、城内で聞いてきた話だ。行方知れずのままならば、河鍋家は廃絶になる。

「野崎家は、どうなりましょうか」

「病死の届が出されたそうな」

滝川が大奥へ戻ったことは、御広敷番に尋ねればすぐに分かる。家の者が野崎の行方を知っていたら、戻らぬ当主がどうなったか見当はつくはずだった。

「当主の姿がないままでは、こちらも廃絶になるからな」

野崎には十二歳になる跡取りがいるとか。まだ出仕はできないので、その者は無役になる見込みだという。

「それとな、滝川殿から言伝があった」

「はあ」

「旅での話は、一切ないが」

何を言ってきたのかと、次の言葉を待った。

「芝二葉町の拝領町屋敷の家賃の取り分についてである。先に渡した四十両は、前渡しではなく、そのまま受け取ってよいという話だ」

「どういうことで」

「前の分は、此度の礼であろう。年末には、通年分の取り分を支払うという話だ」

これは思いがけない、ありがたい言伝だ。

「滝川殿は、よほど満足をなされたのだな」

「ならば何よりで」

危険な真似をして出かけて、叔母とはまともな話をしていなかったはずだ。それでも滝川は、慈しんでくれた母親代わりの叔母と見つめ合い一夜を過ごすことができた。それを喜びとしたのである。

「金には代えられぬものがあったのであろう」

「お役に立てて、恐悦でございます」

「うむ」

宗睦は大きく頷き、続けた。

「その方は滝川殿に気に入られ、信頼を得た。これは我らにとって大きいぞ」

尾張一門の総帥《そうすい》の顔で言っていた。上機嫌だ。

正紀は滝川という大名もが怖れる大奥御年寄の胸の内を垣間《かいま》見た。

口に出すことはないが、胸の奥に長く残るのは間違いなかった。

本作品は書き下ろしです。

双葉文庫

ち-01-44

おれは一万石《いちまんごく》

出女《でおんな》の影《かげ》

2021年3月14日　第1刷発行

【著者】

千野隆司《ちのたかし》

【発行者】

箕浦克史

【発行所】

株式会社双葉社

〒162-8540 東京都新宿区東五軒町3番28号

［電話］03-5261-4818(営業)　03-5261-4833(編集)

www.futabasha.co.jp（双葉社の書籍・コミックが買えます）

【印刷所】

大日本印刷株式会社

【製本所】

大日本印刷株式会社

【カバー印刷】

株式会社久栄社

【DTP】

株式会社ビーワークス

【フォーマット・デザイン】

日下潤一

ISBN978-4-575-67044-8 C0193

Printed in Japan

雇われ師範・豊之助　借金道場

千野隆司

北町奉行・永田備前守正直の三男・豊之助は師の命でボロ道場の立て直しをはかるのだったが……。待望の新シリーズ第一弾！

雇われ師範・豊之助　ぬか喜び

千野隆司

ボロ道場に十数名もの新弟子志願者が訪れた。豊之助が賊から救った越中屋の指図らしい。喜ぶ豊之助だったが、思わぬことに……。

雇われ師範・豊之助　瓢簞から駒

千野隆司

刺客に狙われる若侍を助けた豊之助。事情も聞かず、道場に居候させたのだが、凶刃は豊之助にまで迫る！　人気シリーズ第三弾！

雇われ師範・豊之助　家宝の鈍刀《なまくら》

千野隆司

遺体に残された凶器は、豊之助の弟弟子がつねに腰に差していた家宝の脇差だった。真の下手人を捜す豊之助だったが……。

雇われ師範・豊之助　泣き虫大将

千野隆司

多大な被害を招いた神田上水決壊は人災か天災か⁉ 普請奉行に頼まれ探索をはじめた豊之助は、驚くべき真相へ行きついた！

雇われ師範・豊之助　鬼婆の魂胆

千野隆司

居候の父子が狙う仇はどうやら江戸を騒がす火付け盗賊団の頭⁉ 豊之助と北山は密かに探索を続けていた。大団円のシリーズ最終巻‼